父父子子

父父子子

魯迅 周作人 豐子愷 等
錢理群 編

香港城市大學出版社
City University of Hong Kong Press

項目統籌	陳小歡
實習編輯	張琳鈺（香港城市大學亞洲及國際研究學系四年級）
	梁思敏（香港城市大學中文及歷史學系三年級）
書籍設計	蕭慧敏

國際統一書號：978-962-937-391-7

出版

香港城市大學出版社
香港九龍達之路
香港城市大學
網址：www.cityu.edu.hk/upress
電郵：upress@cityu.edu.hk

©2020 City University of Hong Kong

Fathers and Sons
(in traditional Chinese characters)

ISBN: 978-962-937-391-7

Published by

City University of Hong Kong Press
Tat Chee Avenue
Kowloon, Hong Kong
Website: www.cityu.edu.hk/upress
E-mail: upress@cityu.edu.hk

Printed in Hong Kong

目錄

編輯說明

本「課堂外的讀本系列」由陳平原、錢理群、黃子平教授分別編選。

為了尊重原作,除了個別標點及明顯的排印錯誤外,本叢書的一些習慣用法及其措辭均依舊原文排印,其中個別不符合當下習慣者,請讀者諒解。

收聽有聲書方法

本書每篇文章均提供免費錄音,讀者可選擇以下其中一種方法收聽:

方法一: 以智能手機掃描文章右上角之二維碼(QR code),即可收聽該篇文章之錄音。

方法二: 登入 Youtube.com 網站:

    i. 搜尋"CityUPressHK";

    ii. 然後點擊 CityUPressHK 頻道;

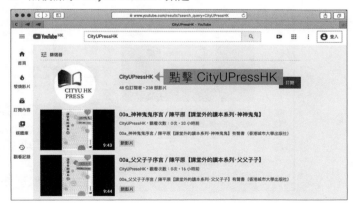

iii. 進入 CityUPressHK 頻道後，點擊「播放清單」，然後選擇
　　【課堂外的讀本系列•父父子子】，收聽有關文章的錄音。

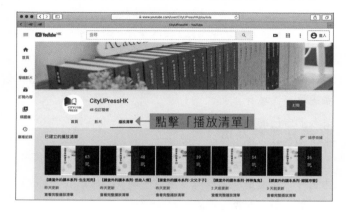

方法三：　直接登入【課堂外的讀本系列•父父子子】播放清單網頁：

https://www.youtube.com/watch?v=nXMpWyrGcV8&list=PL7Jm9R068Z3tI0zePuC-SnkZ7DYyEocvG

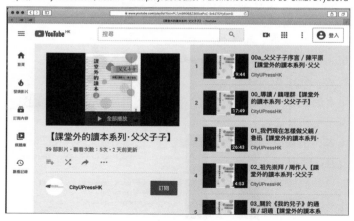

序言

陳平原

據說，分專題編散文集我們是始作俑者，而且這一思路目前頗能為讀者接受，這才真叫「無心插柳柳成蔭」。當初編這套叢書時，考慮的是我們自己的趣味，能否暢銷是出版社的事，我們不管。並非故示清高或推卸責任，因為這對我們來說純屬「玩票」，不靠它賺名聲，也不靠它發財。說來好玩，最初的設想只是希望有一套文章好讀、裝幀好看的小書，可以送朋友，也可以擱在書架上。如今書出得很多，可真叫人看一眼就喜歡，願把它放在自己的書架上隨時欣賞把玩的卻極少。好文章難得，不敢說「野無遺賢」，也不敢說入選者皆「字字珠璣」，只能說我們選得相當認真，也大致體現了我們對二十世紀中國散文的某些想法。「選家」之事，說難就難，說易就易，這點如魚飲水，冷暖自知。

記得那是一九八八年春天，人民文學出版社約我編《林語堂散文集》。此前我寫過幾篇關於林氏的研究文章，編起來很容易，可就是沒興致。偶然說起我們對二十世紀中國散文的看法，以及分專題編一套小書的設想，沒想到出版社很欣賞。這樣，一九八八年暑假，錢理群、黃子平和我三人，又重新合作，大熱天悶在老錢那間十平方米的小屋裏讀書，先擬定體例，劃分專題，再分頭選文；讀到出乎意料之外的好文章，當即「奇文共欣賞」；不過也淘汰了大批徒有虛名的「名作」。開始以為遍地黃金，撿不勝撿；可沙裏淘金一番，才知道好文章實在並不多，每個專題才選了那麼幾萬字，根本不夠原定的字數。開學以後又

泡圖書館，又翻舊期刊，到一九八九年春天才初步編好。接着就是撰寫各書的導讀，不想隨意敷衍幾句，希望能體現我們的趣味和追求，而這又是頗費斟酌的事。一開始是「玩票」，愈做愈認真，變成撰寫二十世紀中國散文史的準備工作。只是因為突然的變故，這套小書的誕生小有周折。

對於我們三人來説，這遲到的禮物，最大的意義是紀念當初那愉快的學術對話。就為了編這幾本小書，居然「大動干戈」，臉紅耳赤了好幾回，實在不夠瀟脱。現在回想起來，確實有點好笑。總有人問，你們三個弄了大半天，就編了這幾本小書，值得嗎？我也説不清。似乎做學問有時也得講興致，不能老是計算「成本」和「利潤」。唯一有點遺憾的是，書出得不如以前想像的那麼好看。

這套小書最表面的特徵是選文廣泛和突出文化意味，而其根本則是我們對「散文」的獨特理解。從章太炎、梁啓超一直選到汪曾祺、賈平凹，這自然是與我們提出的「二十世紀中國文學」概念密切相關。之所以選入部分清末民初半文半白甚至純粹文言的文章，目的是借此凸現二十世紀中國散文與傳統散文的聯繫。魯迅説五四文學發展中「散文小品的成功，幾乎在小説戲曲和詩歌之上」（〈小品文的危機〉），原因大概是散文小品穩中求變，守舊出新，更多得到傳統文學的滋養。周作人突出明末公安派文學與新文學的精神聯繫（〈雜拌兒跋〉和《中國新文

學的源流》），反對將五四文學視為歐美文學的移植，這點很有見地。但如以散文為例，單講輸入的速寫（sketch）、隨筆（essay）和「阜利通」（feuilleton）[1]固然不夠，再搭上明末小品的影響也還不夠；魏晉的清談、唐末的雜文、宋人的語錄，還有唐宋八大家乃至「桐城謬種選學妖孽」，都曾在本世紀的中國散文中產生過遙遠而深沉的回音。

　　面對這一古老而又生機勃勃的文體，學者們似乎有點手足無措。五四時輸出「美文」的概念，目的是想證明用白話文也能寫出好文章。可「美文」概念很容易被理解為只能寫景和抒情；雖然由於魯迅雜文的成就，政治批評和文學批評的短文，也被劃入散文的範圍，卻總歸不是嫡系。世人心目中的散文，似乎只能是風花雪月加上悲歡離合，還有一連串莫名其妙的比喻和形容詞，甜得發膩，或者借用徐志摩的話：「濃得化不開」。至於學者式重知識重趣味的疏淡的閒話，有點苦澀，有點清幽，雖不大容易為入世未深的青年所欣賞，卻更得中國古代散文的神韻。不只是逃避過分華麗的辭藻，也不只是落筆時的自然大方，這種雅致與瀟灑，更多的是一種心態、一種學養，一種無以名之但確能體會到的「文化味」。比起小說、詩歌、戲劇，散文更講渾然天成，更難造假與敷衍，更依賴於作者的才情、悟性與意趣——因其「技術性」不強，

1.　阜利通：英文 feuilleton 的音譯，指短篇小品文。

很容易寫，但很難寫好，這是一種「看似容易成卻難」的文體。

選擇一批有文化意味而又妙趣橫生的散文分專題彙編成冊，一方面是讓讀者體會到「文化」不僅凝聚在高文典冊上，而且滲透在日常生活中，落實為你所熟悉的一種情感，一種心態，一種習俗，一種生活方式；另一方面則是希望借此改變世人對散文的偏見。讓讀者自己品味這些很少「寫景」也不怎麼「抒情」的「閒話」，遠比給出一個我們認為準確的「散文」定義更有價值。

當然，這只是對二十世紀中國散文的一種讀法，完全可以有另外的眼光、另外的讀法。在很多場合，沉默本身比開口更有力量，空白也比文字更能說明問題。細心的讀者不難發現我們淘汰了不少名家名作，這可能會引起不少人的好奇和憤怒。無意故作驚人之語，只不過是忠實於自己的眼光和趣味，再加上「漫說文化」這一特殊視角。不敢保證好文章都能入選，只是入選者必須是好文章，因為這畢竟不是以藝術成就高低為唯一取捨標準的散文選。希望讀者能接受這有個性有鋒芒因而也就可能有偏見的「漫說文化」。

一九九二年九月八日於北大

導讀

錢理群

　　「人倫」大概要算是中國傳統文化及傳統文學中的「拿手好戲」，這是有確論的，其大有文章可做也是不言而喻的。而我們要討論的，卻是中國現代文化與現代文學（散文）中的「人倫」，這就似乎有些麻煩，提筆作文章，也頗費躊躇了。這使我想起徐志摩先生曾經提過的一個問題：「我們姑且試問，人生裏最基本的事實，最單純的、最普遍的、最平庸的、最近人情的經驗，我們究竟能有多少把握，我們能有多少深徹的了解？」他是有感而發的：人的感情世界曾經一度被劃為現代文化與現代文學的禁區；而「人倫」領域，是盡由感情支配，最少理性成分的，這裏所發出的全是純乎天機，純乎天理，毫不摻雜人慾、世故或利害關係於其間的叫聲。人倫之情是徐志摩所說的「人生裏最基本的事實，最單純的、最普遍的、最平庸的、最近人情的經驗」，它也就愈遭到人為的排斥。在一些人看來，「人倫」問題在中國傳統文化與文學中佔據特殊重要的位置，作為中國傳統文化與文學的歷史對立物的現代文化與文學就必須將「人倫」摒除於「國門之外」，這叫作「反其道而行之」。一個最典型的例子：收入本集的朱自清先生的〈背影〉，因為抒寫了父子之情，在選作中學語文教材時，竟多次遭到「砍殺」的厄運。但世界上的事情也確實不可思議：在現代散文中，朱先生的〈背影〉恰恰又是知名度最高中的一篇，至少我們這樣的年紀的知識分子就不知被它「賺」過多少回眼淚。可見人情畢竟是砍不斷的；特別是人倫之情，出於人的天性，既「真」且「純」，具有天生的文學性，這其實是一種內在的本

質的溝通，在某種意義上甚至可以說，摒棄了人倫之情，也就取消了文學自身。

說到現代文化與文學，這裏似乎有一個可悲的歷史的誤會：現代文化與文學之於傳統文化與文學，不僅有對立、批判、揚棄，更有互相滲透與繼承，不僅有「破」，亦有「立」。五四時期的先驅者們，對於中國傳統文化，特別是孔孟儒學的「人倫」觀，確實進行過尖銳的批判，但他們同時又建立起了自己的新的現代「人倫」觀，並且創作了一大批人倫題材的現代文學作品，內蘊着新的觀念、新的情感、新的美學品格，是別具一種思想與藝術的魅力的，並且構成了中國現代文化與現代文學的重要組成部分。

在人倫題材的現代散文中，描寫「親子」之情的作品是格外引人注目的。這首先反映了由「尊者、長者為本位」的傳統倫理觀，向「幼者為本位」的現代倫理觀的轉變；同時也表現了對於人的本性，對於傳統文化的新認識、新反思。且看豐子愷先生的〈作父親〉裏所寫的那個真實的故事：小販挑來一擔小雞，孩子們真心想要，就吵着讓爸爸買，小販看準了孩子的心思，不肯讓價，雞終於沒有買成。爸爸如此勸告孩子：「你們下次……」，話卻說不下去，「因為下面的話是『看見好的嘴上不可說好，想要的嘴上不可說要』，倘再進一步，就變成『看見好的嘴上應該說不好，想要的嘴上應該說不要』了。在這一片天真爛漫光

明正大的春景中，向哪裏容藏這樣教導孩子的一個父親呢？」這確實發人深省：純真只存在於天真爛漫的兒童時代，成熟的、因而也是世故的成年時代就不免是虛偽的。由此而產生了對兒童時代的童心世界的嚮往之情。收入本集的有關兒女的一組文章，特別是朱自清先生與豐子愷先生所寫的那幾篇，表現了十分強烈的「小兒崇拜」的傾向（與「小兒崇拜」相聯繫的，是一種十分真誠的成年人的「自我懺悔」）。而這種「小兒崇拜」恰恰是構成五四時代文化精神的一個重要方面，這是從人類學意義上對於兒童的「發現」，表現了對人類及人的個體的「童年時代」的強烈興趣。周作人說：「世上太多的大人雖然都親自做過小孩子，卻早失去了『赤子之心』，好像『毛毛蟲』的變了蝴蝶，前後完全是兩種情狀，這是很不幸的」。五四時代出現的「兒童文化熱」，正是出於對中國傳統文化的一種深刻反思。正像馬克思所說的那樣，作為西方文化起源的「希臘人是正常的兒童」，西方文化也是正常發展的文化；而中國人無疑是「早熟的兒童」，中國的傳統文化也是早熟的文化。五四的先驅者一接觸到西方文化，首先發現的，就是民族文化不可救藥的早衰現象，因而產生一種沉重感與焦灼感。五四時期的「兒童文化熱」本質上就是要喚回民族（包括民族文化與文學）的童年與青春，進行歷史的補課。了解了這樣的文化背景，就可以懂得，收入本集中那些描寫兒女情態、童趣盎然的作品，不僅是表現了真摯的親子之愛，而且有着相當

深廣的歷史、文化的內涵，也包含了對於文學藝術本質的思考與感悟。在我看來，這正是本集中最動人，也最耐讀的篇章。

對本集中描寫「母愛」的作品，也應該作如是觀。五四時期在否定「長者本位」的舊倫理觀的同時，把「母愛」推崇到了極致。魯迅在著名的〈我們現在怎樣做父親〉裏就大談「母愛」是一種「天性」，要求把「母愛」的「犧牲」精神「更加擴張，更加醇化；用無我的愛，自己犧牲於後起新人」。這裏顯然有想用「母愛」來改造中國國民性的意思（魯迅不是早就說過，中國國民性中最缺少的就是「誠」與「愛」嗎？）。這其實也是五四的時代思潮。李大釗就說過：「男子的氣質包含着專制的分子很多，全賴那半數婦女的平和、優美、慈愛的氣質相調劑，才能保住人類氣質的自然均等，才能顯出民主的精神。」沈雁冰還專門介紹了英國婦女問題專家愛倫凱的一個著名觀點：「尊重的母性，要受了障礙，不能充分發展，這是將來世紀極大的隱憂」。並且發揮說：「看了愛倫凱的母性論的，能不替中國民族擔上幾萬分的憂嗎？」以後歷史的發展證明沈雁冰並非杞人憂天。「母性」未能充分發展，對我們民族氣質的消極影響，至今仍是隨處可見的。收入本集的秦牧的〈給一個喜歡騎馬的女孩〉，對此有相當痛切的闡發。把那些描寫母愛的文章置於本世紀中華民族精神氣質發展史的背景下，我們自不難發現它們的特殊價值，但也會產生一種歷史的遺憾：這樣的文章畢竟太少，而且缺乏應有的分

量。不善於寫母愛的文學，是絕沒有希望的。魯迅未能完成的寫作計劃中，有一篇題目就叫「母愛」；我們的作家，什麼時候才能實現魯迅的遺願呢？

「師長」在傳統倫理觀中是據有特殊地位的，所謂「天地君親師」，簡直把「師」置於與「君」同等的尊位。如此說來，本世紀以來一再發生的「謝本師」事件，恐怕是最能表現現代倫理觀與傳統倫理觀的對立的。師生之間的衝突，是否一定要採取「謝本師」即斷絕師生關係的徹底決裂的方式，這自然是可以討論的；但由此而確立了老師與學生、父輩與子輩（擴大地說，年長的一代與年青的一代）「在真理面前互相平等」的原則，卻是有劃時代的意義的。以這樣的觀點，來看待由劉半農〈老實說了吧〉一文引起的爭論（有關文章已收入本集），是饒有興味的。作為爭論一方的劉半農等是五四時代的先驅者，屬父輩、師輩；爭論的另一方，則是三十年代的年青人，屬子輩、學生輩。劉半農那一代人在五四時期曾有過強烈的「審父（叛師）」意識，三十年代他們自己成為「父親」、「老師」以後，對年青一代就不怎麼寬容了；不過，他們也有一個不可及的長處，就是敢於批評青年人，與青年人論戰，絕無牽就、附和青年的傾向，這是保持了五四時期前述「真理面前人人平等」的平等意識與個性獨立意識的。而三十年代青年的「審父（叛師）」意識似乎更強烈，但從他們不容他人講話，特別是不容他人批評自己的

專制的偏激中，卻也暴露出他們的潛意識裏原來還存在一個「戀父（尊師）」情結，說白了，他們也是渴求着傳統倫理中「父親」（「老師」）的獨斷的權威的。這已經不是三十年代年青人（他們已成為當今八十年代青年的「爺爺」）的弱點，恐怕也是我們民族性的致命傷。而傳統的鬼魂在反叛傳統的年青一代靈魂深處「重現」這一文化現象，即所謂「返祖現象」則是更值得深思與警惕的。

五四時期，「愛」的哲學與「愛」的文學是曾經風行一時的；在以人倫關係為題材的現代散文中，也同樣充滿了「愛」。但不僅「愛」的內質與傳統文學同類作品有了不同——它浸透着民主、平等、自由的現代意識（因此有人說這是將朋友之愛向父子、母女、師生……之愛的擴大、滲透）；「愛」的表現形態也有了豐富與發展：並非只有單調的甜膩膩的愛——愛一旦成了唯一者，也會失去文學；感情的純、真，與感情的豐富、自由、闊大是應該而且可以統一的。魯迅的〈頹敗線的顫動〉裏，這樣揭示一位「垂老的女人」的感情世界——

> 「她赤身露體地，石像似的站在荒野的中央，於一刹那間照見過往的一切：飢餓，苦痛，驚異，羞辱，歡欣，於是發抖；害苦，委屈，帶累，於是痙攣；殺，於是平靜。……又於一刹那間將一切併合：眷念與決絕，愛撫與復仇，養育與殲除，祝

福與咒詛……。她於是舉兩手盡量向天，口唇間漏出人與獸的，非人間所有，所以無詞的言語。

　　……她那偉大如石像，然而已經荒廢的，頹敗的身軀的全面都顫動了。這顫動點點如魚鱗，每一鱗都起伏如沸水在烈火上；空中也即刻一同振顫，彷彿暴風雨中的荒海的波濤……

　　這裏所表現出來的，不僅是感情的力度，強度，更是一種自由與博大。而這位「老女人」情感的多層次性，大愛與大憎的互相滲透、補充，無序的糾纏與併合，是屬「現代人」的。而且寫不出的「無詞的言語」比已經寫出來的詞語與文章要豐富、生動得多。在這個意義上，我們有理由對收入本集中的人倫題材散文理性的加工、整理過度，未能更多地保留感情與語言的「原生狀態」，而感到某些不滿足。

一九八九年一月二日深夜寫於北大「我的那間屋」

一九九〇年一月十五日深夜改畢於蔚秀園新居

我們現在怎樣做父親

魯迅

　　我作這一篇文的本意，其實是想研究怎樣改革家庭；又因為中國親權重，父權更重，所以尤想對於從來認為神聖不可侵犯的父子問題，發表一點意見。總而言之：只是革命要革到老子身上罷了。但何以大模大樣，用了這九個字的題目呢？這有兩個理由：

　　第一，中國的「聖人之徒」，最恨人動搖他的兩樣東西。一樣不必說，也與我輩絕不相干；一樣便是他的倫常，我輩卻不免偶然發幾句議論，所以株連牽扯，很得了許多「鑱倫常」「禽獸行」之類的惡名。他們以為父對於子，有絕對的權力和威嚴；若是老子說話，當然無所不可，兒子有話，卻在未說之前早已錯了。但祖父子孫，本來各各都只是生命的橋樑的一級，決不是固定不易的。現在的子，便是將來的父，也便是將來的祖。我知道我輩和讀者，若不是現任之父，也一定是候補之父，而且也都有做祖宗的希望，所差只在一個時間。為想省卻許多麻煩起見，我們便該無須客氣，盡可先行佔住了上風，擺出父親的尊嚴，談談我們和我們子女的事；不但將來着手實行，可以減少困難，在中國也順理成章，免得「聖人之徒」聽了害怕，總算是一舉兩得之至的事了。所以說，「我們怎樣做父親。」

　　第二，對於家庭問題，我在《新青年》的《隨感錄》（二五，四十，四九）中，曾經略略說及，總括大意，便只是從我們起，解

放了後來的人。論到解放子女，本是極平常的事，當然不必有什麼討論。但中國的老年，中了舊習慣舊思想的毒太深了，決定悟不過來。譬如早晨聽到烏鴉叫，少年毫不介意，迷信的老人，卻總須頹唐半天。雖然很可憐，然而也無法可救。沒有法，便只能先從覺醒的人開手，各自解放了自己的孩子。自己背着因襲的重擔，肩住了黑暗的閘門，放他們到寬闊光明的地方去；此後幸福的度日，合理的做人。

還有，我曾經說，自己並非創作者，便在上海報紙的《新教訓》裏，挨了一頓罵。但我輩評論事情，總須先評論了自己，不要冒充，才能像一篇說話，對得起自己和別人。我自己知道，不特並非創作者，並且也不是真理的發見者。凡有所說所寫，只是就平日見聞的事理裏面，取了一點心以為然的道理；至於終極究竟的事，卻不能知。便是對於數年以後的學說的進步和變遷，也說不出會到如何地步，單相信比現在總該還有進步還有變遷罷了。所以說，「我們現在怎樣做父親」。

我現在心以為然的道理，極其簡單。便是依據生物界的現象，一，要保存生命；二，要延續這生命；三，要發展這生命（就是進化）。生物都這樣做，父親也就是這樣做。

生命的價值和生命價值的高下，現在可以不論。單照常識判斷，便知道既是生物，第一要緊的自然是生命。因為生物之所以為生物，全在有這生命，否則失了生物的意義。生物為保存生命起見，具有種種本能，最顯著的是食慾。因有食慾才攝取食品，因有食品才發生溫熱，保存了生命。但生物的個體，總免不了老衰和死亡，為繼續生命起見，又有一種本能，便是性慾。因性慾才有性

交，因有性交才發生苗裔，繼續了生命。所以食慾是保存自己，保存現在生命的事；性慾是保存後裔，保存永久生命的事。飲食並非罪惡，並非不淨；性交也就並非罪惡，並非不淨。飲食的結果，養活了自己，對於自己沒有恩；性交的結果，生出子女，對於子女當然也算不了恩。——前前後後，都向生命的長途走去，僅有先後的不同，分不出誰受誰的恩典。

可惜的是中國的舊見解，竟與這道理完全相反。夫婦是「人倫之中」，卻說是「人倫之始」；性交是常事，卻以為不淨；生育也是常事，卻以為天大的大功。人人對於婚姻，大抵先夾帶着不淨的思想。親戚朋友有許多戲謔，自己也有許多羞澀，直到生了孩子，還是躲躲閃閃，怕敢聲明；獨有對於孩子，卻威嚴十足。這種行徑，簡直可以說是和偷了錢發跡的財主，不相上下了。我並不是說，——如他們攻擊者所意想的，——人類的性交也應如別種動物，隨便舉行；或如無恥流氓，專做些下流舉動，自鳴得意。是說，此後覺醒的人，應該先洗淨了東方固有的不淨思想，再純潔明白一些，了解夫婦是伴侶，是共同勞動者，又是新生命創造者的意義。所生的子女，固然是受領新生命的人，但他也不永久佔領，將來還要交付子女，像他們的父母一般。只是前前後後，都做一個過付的經手人罷了。

生命何以必需繼續呢？就是因為要發展，要進化。個體既然免不了死亡，進化又毫無止境，所以只能延續着，在這進化的路上走。走這路須有一種內的努力，有如單細胞動物有內的努力，積久才會繁複，無脊椎動物有內的努力，積久才會發生脊椎。所以後起的生命，總比以前的更有意義，更近完全，因此也更有價值，更可寶貴；前者的生命，應該犧牲於他。

但可惜的是中國的舊見解，又恰恰與這道理完全相反。本位應在幼者，卻反在長者；置重應在將來，卻反在過去。前者做了更前者的犧牲，自己無力生存，卻苛責後者又來專做他的犧牲，毀滅了一切發展本身的能力。我也不是說，——如他們攻擊者所意想的，——孫子理應終日痛打他的祖父，女兒必須時時咒罵他的親娘。是說，此後覺醒的人，應該先洗淨了東方古傳的謬誤思想，對於子女，義務思想須加多，而權利思想卻大可切實核減，以準備改作幼者本位的道德。況且幼者受了權利，也並非永久佔有，將來還要對於他們的幼者，仍盡義務。只是前前後後，都做一切過付的經手人罷了。

　　「父子間沒有什麼恩」這一個斷語，實是招致「聖人之徒」面紅耳赤的一大原因。他們的誤點，便在長者本位與利己思想，權利思想很重，義務思想和責任心卻很輕。以為父子關係，只須「父兮生我」一件事，幼者的全部，便應為長者所有。尤其墮落的，是因此責望報償，以為幼者的全部，理該做長者的犧牲。殊不知自然界的安排，卻件件與這要求反對，我們從古以來，逆天行事，於是人的能力，十分萎縮，社會的進步，也就跟着停頓。我們雖不能說停頓便要滅亡，但較之進步，總是停頓與滅亡的路相近。

　　自然界的安排，雖不免也有缺點，但結合長幼的方法，卻並無錯誤。他並不用「恩」，卻給予生物以一種天性，我們稱他為「愛」。動物界中除了生子數目太多——愛不周到的如魚類之外，總是摯愛他的幼子，不但絕無利益心情，甚或至於犧牲了自己，讓他的將來的生命，去上那發展的長途。

人類也不外此，歐美家庭，大抵以幼者弱者為本位，便是最合於這生物學的真理的辦法。便在中國，只要心思純白，未曾經過「聖人之徒」作踐的人，也都自然而然的能發現這一種天性。例如一個村婦哺乳嬰兒的時候，決不想到自己正在施恩；一個農夫娶妻的時候，也決不以為將要放債。只是有了子女，即天然相愛，願他生存；更進一步的，便還要願他比自己更好，就是進化。這離絕了交換關係利害關係的愛，便是人倫的索子，便是所謂「綱」。倘如舊說，抹煞了「愛」，一味說「恩」，又因此責望報償，那便不但敗壞了父子間的道德，而且也大反於做父母的實際的真情，播下乖剌的種子。有人做了樂府，說是「勸孝」，大意是什麼「兒子上學堂，母親在家磨杏仁，預備回來給他喝，你還不孝麼」之類，自以為「拼命衛道」。殊不知富翁的杏酪和窮人的豆漿，在愛情上價值同等，而其價值卻正在父母當時並無求報的心思；否則變成買賣行為，雖然喝了杏酪，也不異「人乳餵豬」，無非要豬肉肥美，在人倫道德上，絲毫沒有價值了。

所以我現在心以為然的，便只是「愛」。

無論何國何人，大都承認「愛己」是一件應當的事。這便是保存生命的要義，也就是繼續生命的根基。因為將來的運命，早在現在決定，故父母的缺點，便是子孫滅亡的伏線，生命的危機。易卜生做的《群鬼》（有潘家洵君譯本，載在《新潮》一卷五號）雖然重在男女問題，但我們也可以看出遺傳的可怕。歐士華本是要生活，能創作的人，因為父親的不檢，先天得了病毒，中途不能做人了。他又很愛母親，不忍勞他服侍，便藏着嗎啡，想待發作時候，由使女瑞琴幫他吃下，毒殺了自己；可是瑞琴走了。他於是只好託他母親了。

歐	「母親，現在應該你幫我的忙了。」
阿夫人	「我嗎？」
歐	「誰能及得上你。」
阿夫人	「我！你的母親！」
歐	「正為那個。」
阿夫人	「我，生你的人！」
歐	「我不曾教你生我。並且給我的是一種什麼日子？ 我不要他！你拿回去罷！」

這一段描寫，實在是我們做父親的人應該震驚戒懼佩服的；決不能昧了良心，說兒子理應受罪。這種事情，中國也很多，只要在醫院做事，便能時時看見先天梅毒性病兒的慘狀；而且傲然的送來的，又大抵是他的父母。但可怕的遺傳，並不只是梅毒；另外許多精神上體質上的缺點，也可以傳之子孫，而且久而久之，連社會都蒙着影響。我們且不高談人群，單為子女說，便可以說凡是不愛己的人，實在欠缺做父親的資格。就令硬做了父親，也不過如古代的草寇稱王一般，萬萬算不了正統。將來學問發達，社會改造時，他們僥倖留下的苗裔，恐怕總不免要受善種學（Eugenics）者的處置。

倘若現在父母並沒有將什麼精神上體質上的缺點交給子女，又不遇意外的事，子女便當然健康，總算已經達到了繼續生命的目的。但父母的責任還沒有完，因為生命雖然繼續了，卻是停頓不得，所以還須教這新生命去發展。凡動物較高等的，對於幼雛，除了養育保護以外，往往還教他們生存上必需的本領。例如飛禽便教飛翔，鷙獸便教搏擊。人類更高幾等，便也有願意子孫更進一層的

天性。這也是愛，上文所說的是對於現在，這是對於將來。只要思想未遭錮蔽的人，誰也喜歡子女比自己更強，更健康，更聰明高尚，——更幸福；就是超越了自己，超越了過去。超越便須改變，所以子孫對於祖先的事，應該改變，「三年無改不於父之道可謂孝矣」，當然是曲說，是退嬰的病根。假使古代的單細胞動物，也遵着這教訓，那便永遠不敢分裂繁複，世界上再也不會有人類了。

　　幸而這一類教訓，雖然害過許多人，卻還未能完全掃盡了一切人的天性。沒有讀過「聖賢書」的人，還能將這天性在名教的斧鉞底下，時時流露，時時萌蘗；這便是中國人雖然凋落萎縮，卻未滅絕的原因。

　　所以覺醒的人，此後應將這天性的愛，更加擴張，更加醇化；用無我的愛，自己犧牲於後起新人。開宗第一，便是理解。往昔的歐人對於孩子的誤解，是以為成人的預備；中國人的誤解，是以為縮小的成人。直到近來，經過許多學者的研究，才知道孩子的世界，與成人截然不同；倘不先行理解，一味蠻做，便大礙於孩子的發達。所以一切設施，都應該以孩子為本位，日本近來，覺悟的也很不少；對於兒童的設施，研究兒童的事業，都非常興盛了。第二，便是指導。時勢既有改變，生活也必須進化；所以後起的人物，一定尤異於前，決不能用同一模型，無理嵌定。長者須是指導者協商者，卻不該是命令者。不但不該責幼者供奉自己，而且還須用全副精神，專為他們自己，養成他們有耐勞作的體力，純潔高尚的道德，廣博自由能容納新潮流的精神，也就是能在世界新潮流中游泳，不被淹沒的力量。第三，便是解放。子女是即我非我的人，但既已分立，也便是人類中的人。因為即我，所以更應該盡教育的

義務，交給他們自立的能力；因為非我，所以也應同時解放，全部為他們自己所有，成一個獨立的人。

這樣，便是父母對於子女，應該健全的產生，盡力的教育，完全的解放。

但有人會怕，彷彿父母從此以後，一無所有，無聊之極了。這種空虛的恐怖和無聊的感想，也即從謬誤的舊思想發生；倘明白了生物學的真理，自然便會消滅。但要做解放子女的父母，也應預備一種能力。便是自己雖然已經帶着過去的色彩，卻不失獨立的本領和精神，有廣博的趣味，高尚的娛樂。要幸福麼？連你的將來的生命都幸福了。要「返老還童」，要「老復丁」[1] 麼？子女便是「復丁」，都已獨立而且更好了。這才是完了長者的任務，得了人生的慰安。倘若思想本領，樣樣照舊，專以「勃谿」[2] 為業，行輩自豪，那便自然免不了空虛無聊的苦痛。

或者又怕，解放之後，父子間要疏隔了。歐美的家庭，專制不及中國，早已大家知道；往者雖有人比之禽獸，現在卻連「衞道」的聖徒，也曾替他們辯護，說並無「逆子叛弟」了。因此可知：唯其解放，所以相親；唯其沒有「拘攣」子弟的父兄，所以也沒有反抗「拘攣」的「逆子叛弟」。若威逼利誘，便無論如何，決不能有「萬年有道之長」。例便如我中國，漢有舉孝，唐有孝悌力田科，清末也還有孝廉方正，都能換到官做。父恩諭之於先，皇恩施之於後，然而割股的人物，究屬寥寥。足可證明中國的舊學說舊手段，

---

1. 從老年回歸壯年，語出漢代史遊《急就篇》：「長樂無極老復丁」。
2. 指婆媳爭吵。語出《莊子・外物》：「室無空虛，則婦姑勃谿。」

實在從古以來，並無良效，無非使壞人增長些虛偽，好人無端的多受些人我都無利益的苦痛罷了。

獨有「愛」是真的。路粹引孔融說，「父之於子，當有何親？論其本意，實為情欲發耳。子之於母，亦復奚為，譬如寄物瓶中，出則離矣。」（漢末的孔府上，很出過幾個有特色的奇人，不像現在這般冷落，這話也許確是北海先生所說；只是攻擊他的偏是路粹和曹操，教人發笑罷了。）雖然也是一種對於舊說的打擊，但實於事理不合。因為父母生了子女，同時又有天性的愛，這愛又很深廣很長久，不會即離。現在世界沒有大同，相愛還有差等，子女對於父母，也便最愛，最關切，不會即離。所以疏隔一層，不勞多慮。至於一種例外的人，或者非愛所能鈎連。但若愛力尚且不能鈎連，那便任憑什麼「恩威，名分，天經，地義」之類，更是鈎連不住。

或者又怕，解放之後，長者要吃苦了。這事可分兩層：第一，中國的社會，雖說「道德好」，實際卻太缺乏相愛相助的心思。便是「孝」「烈」這類道德，也都是旁人毫不負責，一味收拾幼者弱者的方法。在這樣社會中，不獨老者難於生活，即解放幼者，也難於生活。第二，中國的男女，大抵未老先衰，甚至不到二十歲，早已老態可掬，待到真實衰老，便更須別人扶持。所以我說，解放子女的父母，應該先有一番預備；而對於如此社會，尤應該改造，使他能適於合理的生活。許多人預備着，改造着，久而久之，自然可望實現了。單就別國的往時而言，斯賓塞未曾結婚，不聞他侘傺無聊；瓦特早沒有了子女，也居然「壽終正寢」，何況在將來，更何況有兒女的人呢？

或者又怕，解放之後，子女要吃苦了。這事也有兩層，全如上文所說，不過一是因為老而無能，一是因為少不更事罷了。因此覺醒的人，愈覺有改造社會的任務。中國相傳的成法，謬誤很多：一種是錮閉，以為可以與社會隔離，不受影響。一種是教給他惡本領，以為如此才能在社會中生活。用這類方法的長者，雖然也含有繼續生命的好意，但比照事理，卻決定謬誤。此外還有一種，是傳授些周旋方法，教他們順應社會。這與數年前講「實用主義」的人，因為市上有假洋錢，便要在學校裏徧教學生看洋錢的法子之類，同一錯誤。社會雖然不能不偶然順應，但決不是正當辦法。因為社會不良，惡現象便很多，勢不能一一順應；倘都順應了，又違反了合理的生活，倒走了進化的路。所以根本方法，只有改良社會。

　　就實際上說，中國舊理想的家族關係父子關係之類，其實早已崩潰。這也非「於今為烈」，正是「在昔已然」。歷來都竭力表彰「五世同堂」，便足見實際上同居的為難；拼命的勸孝，也足見事實上孝子的缺少。而其原因，便全在一意提倡虛偽道德，蔑視了真的人情。我們試一翻大族的家譜，便知道始遷祖宗，大抵是單身遷居，成家立業；一到聚族而居，家譜出版，卻已在零落的中途了。況在將來，迷信破了，便沒有哭竹，臥冰；醫學發達了，也不必嘗穢，割股。又因為經濟關係，結婚不得不遲，生育因此也遲，或者子女才能自存，父母已經衰老，不及依賴他們供養，事實上也就是父母反盡了義務。世界潮流逼拶着，這樣做的可以生存，不然的便都衰落；無非覺醒者多，加些人力，便危機可望較少就是了。

但既如上言，中國家庭，實際久已崩潰，並不如「聖人之徒」紙上的空談，則何以至今依然如故，一無進步呢？這事很容易解答。第一，崩潰者自崩潰，糾纏者自糾纏，設立者又自設立；毫無戒心，也不想到改革，所以如故。第二，以前的家庭中間，本來常有勃谿，到了新名詞流行之後，便都改稱「革命」，然而其實也仍是討嫖錢至於相罵，要賭本至於相打之類，與覺醒者的改革，截然兩途。這一類自稱「革命」的勃谿子弟，純屬舊式，待到自己有了子女，也決不解放；或者毫不管理，或者反要尋出《孝經》，勒令誦讀，想他們「學于古訓」，都做犧牲。這只能全歸舊道德舊習慣舊方法負責，生物學的真理決不能妄任其咎。

　　既如上言，生物為要進化，應該繼續生命，那便「不孝有三無後為大」，三妻四妾，也極合理了。這事也很容易解答。人類因為無後，絕了將來的生命，雖然不幸，但若用不正當的方法手段，苟延生命而害及人群，便該比一人無後，尤其「不孝」。因為現在的社會，一夫一妻制最為合理，而多妻主義，實能使人群墮落。墮落近於退化，與繼續生命的目的，恰恰完全相反。無後只是滅絕了自己，退化狀態的有後，便會毀到他人。人類總有些為他人犧牲自己的精神，而況生物自發生以來，交互關聯，一人的血統，大抵總與他人有多少關係，不會完全滅絕。所以生物學的真理，決非多妻主義的護符。

　　總而言之，覺醒的父母，完全應該是義務的，利他的，犧牲的，很不易做；而在中國尤不易做。中國覺醒的人，為想隨順長者解放幼者，便須一面清結舊帳，一面開闢新路。就是開首所說的

「自己背着因襲的重擔，肩住了黑暗的閘門，放他們到寬闊光明的地方去；此後幸福的度日，合理的做人。」這是一件極偉大的要緊的事，也是一件極困苦艱難的事。

但世間又有一類長者，不但不肯解放子女，並且不准子女解放他們自己的子女；就是並要孫子曾孫都做無謂的犧牲。這也是一個問題；而我是願意平和的人，所以對於這問題，現在不能解答。

一九一九年十月

（選自《魯迅全集》1 卷，北京：人民文學出版社，1981 年）

祖先崇拜

周作人

　　遠東各國都有祖先崇拜這一種風俗。現今野蠻民族多是如此，在歐洲古代也已有過。中國到了現在，還保存這部落時代的蠻風，實是奇怪。據我想，這事既於道理上不合，又於事實上有害，應該廢去才是。

　　第一，祖先崇拜的原始的理由，當然是本於精靈信仰。原人思想，以為萬物都有靈的，形體不過是暫時的住所。所以人死之後仍舊有鬼，存留於世上，飲食起居還同生前一樣。這些資料須由子孫供給，否則要觸怒死鬼，發生災禍，這是祖先崇拜的起源。現在科學昌明，早知道世上無鬼，這騙人的祭獻禮拜當然可以不做了。這宗風俗，令人廢時光，費錢財，很是有損，而且因為接香煙吃羹飯的迷信，許多男人往往藉口於「不孝有三無後為大」的謬說，買姜蓄婢，敗壞人倫，實在是不合人道的壞事。

　　第二，祖先崇拜的稍為高尚的理由，是說「報本返始」，他們說，「你試思身從何來？父母生了你，乃是昊天罔極之恩，你哪可不報答他？」我想這理由不甚充足。父母生了兒子，在兒子並沒有什麼恩，在父母反是一筆債。我不信世上有一部經典，可以千百年來當人類的教訓的，只有記載生物的生活現象的 Biology（生物學）才可供我們參考，定人類行為的標準。在自然律上面，的確是祖先為子孫而生存，並非子孫為祖先而生存的。所以父母生了子女，便

是他們（父母）的義務開始的日子，直到子女成人才止。世俗一般稱孝順的兒子是還債的，但據我想，兒子無一不是討債的，父母倒是還債——生他的債——的人。待到債務清了，本來已是「兩訖」；但究竟是一體的關係，有天性之愛，互相聯繫住，所以發生一種終身的親善的情誼。至於恩這一個字，實是無從説起，倘説真是體會自然的規律，要報生我者的恩，那便應該更加努力做人，使自己比父母更好，切實履行自己的義務，——對於子女的債務——使子女比自己更好，才是正當辦法。倘若一味崇拜祖先，想望做古人，自羲皇上溯盤古時代以至類人猿時代，這樣的做人法，在自然律上，明明是倒行逆施，決不可許的了。

我最厭聽許多人説，「我國開化最早」，「我祖先文明什麼樣」。開化的早，或古時有過一點文明，原是好的。但何必那樣崇拜，彷彿人的一生事業，除恭維我祖先之外，別無一事似的。譬如我們走路，目的是在前進。過去的這幾步，原是我們前進的始基，但總不必站住了，回過頭去，指點着説好，反誤了前進的正事。因為再走幾步，還有更好的正在前頭呢！有了古時的文化，才有現在的文化；有了祖先，才有我們。但倘如古時文化永遠不變，祖先永遠存在，那便不能有現在的文化和我們了。所以我們所感謝的，正因為古時文化來了又去，祖先生了又死，能夠留下現在的文化和我們——現在的文化，將來也是來了又去，我們也是生了又死，能夠留下比現時更好的文化和比我們更好的人。

我們切不可崇拜祖先，也切不可望子孫崇拜我們。

尼采説，「你們不要愛祖先的國，應該愛你們子孫的國。……你們應該將你們的子孫，來補救你們自己為祖先的子孫的不幸。你

們應該這樣救濟一切的過去」。所以我們不可不廢去祖先崇拜，改為自己崇拜——子孫崇拜。

八年三月

（選自《中國新文學大系・散文二集》，上海：上海良友圖書公司，1935 年）

關於《我的兒子》的通信 [1]

胡適

友箕先生：

　　前天同太虛和尚談論，我得益不少。別後又承先生給我這封很誠懇的信，感謝之至。「父母於子無恩」的話，從王允孔融以來，也很久了。從前有人說我曾提倡這話，我實在不能承認。直到今年我自己生了一個兒子，我才想到這個問題上去。我想這個孩子自己並不曾自由主張要生在我家，我們做父母的不曾得他的同意，就糊里糊塗的給了他一條生命。況且我們也並不曾有意送給他這條生命。我們既無意，如何能居功？如何能自以為有恩於他？他既無意求生，我們生了他，我們對他只有抱歉，更不能「市恩」了。我們糊里糊塗的替社會上添了一個人，這個人將來一生的苦樂禍福，這個人將來在社會上的功罪，我們應該負一部分的責任。說得偏激一點，我們生一個兒子，就好比替他種下了禍根，又替社會種下了禍根。他也許養成壞習慣，做一個短命浪子；他也許更墮落下去，做一個軍閥派的走狗。所以我們「教他養他」，只是我們自己減輕罪過的法子，只是我們種下禍根之後自己補過彌縫的法子。這可以說是恩典嗎？

　　我所說的，是從做父母的一方面設想的，是從我個人對於我自己的兒子設想的，所以我的題目是《我的兒子》。我的意思是要我

1.　題目為編者代擬。

這個兒子曉得我對他只有抱歉，決不居功，決不市恩。至於我的兒子將來怎樣待我，那是他自己的事。我決不期望他報答我的恩，因為我已宣言無恩於他。

先生說我把一般做兒子的抬舉起來，看做一個「白吃不還帳」的主顧。這是先生誤會我的地方。我的意思恰同這個相反。我想把一般做父母的抬高起來，叫他們不要把自己看做一種「放高利債」的債主。

先生又怪我把「孝」字驅逐出境。我要問先生，現在「孝子」兩個字究竟還有什麼意義？現在的人死了父母都稱「孝子」。孝子就是居父母喪的兒子（古書稱為「主人」），無論怎樣忤逆不孝的人，一穿上孝衣，帶上高梁冠，拿着哭喪棒，人家就稱他做「孝子」。

我的意思以為古人把一切做人的道理都包在孝字裏，故戰陣無勇、蒞官不敬，等等都是不孝。這種學說，先生也承認他流弊百出。所以我要我的兒子做一個堂堂的人，不要他做我的孝順兒子。我的意想以為「一個堂堂的人」決不至於做打爹罵娘的事，決不至於對他的父母毫無感情。

但是我不贊成把「兒子孝順父母」列為一種「信條」。易卜生的《群鬼》裏有一段話很可研究（《新潮》第五號頁八五一）：

> （孟代牧師）：你忘了沒有：一個孩子應該愛敬他的父母？
> （阿爾文夫人）：我們不要講得這樣寬泛。應該說：「歐士華應該愛敬阿爾文先生（歐士華之父）嗎？」

這是說，「一個孩子應該愛敬他的父母」是耶教一種信條，但是有時未必適用。即如阿爾文一生縱淫，死於花柳毒，還把遺毒傳

給他的兒子歐士華，後來歐士華毒發而死。請問歐士華應該孝順阿爾文嗎？若照中國古代的倫理觀念自然不成問題。但是在今日可不能不成問題了。假如我染着花柳毒，生下兒子又聾又瞎，終身殘廢，他應該愛敬我嗎？又假如我把我的兒子應得的遺產都拿去賭輸了，使他衣食不能完全，教育不能得着。他應該愛敬我嗎？又假如我賣國賣主義，做了一國一世的大罪人，他應該愛敬我嗎？

至於先生說的，恐怕有人扯起幌子，說「胡先生教我做一個堂堂的人，萬不可做父母的孝順兒子」。這是他自己錯了。我的詩是發表我生平第一次做老子的感想。我並不曾教訓人家的兒子！

總之，我只說了我自己承認對兒子無恩，至於兒子將來對我作何感想，那是他自己的事，我不管了。

先生又要我做《我的父母》的詩。我對於這個題目，也曾有詩，載在本報第一期和《新潮》第二期裏。

胡適

（選自《每周評論》34 號，1919 年 8 月 10 日）

附《我的兒子》：

> 我實在不要兒子，
> 兒子自己來了。
> 「無後主義」的招牌，
> 於今掛不起來了！
> 譬如樹上開花，
> 花落天然結果。
> 那果便是你，
> 那樹便是我。
> 樹本無心結子，
> 我也無恩於你。
> 但是你既來了，
> 我不能不養你教你，
> 那是我對人道的義務，
> 並不是待你的恩誼。
> 將來你長大時，
> 這是我所期望於你：
> 我要你做一個堂堂的人，
> 不要你做我的孝順兒子。

(載《每周評論》33 號，1919 年 8 月 3 日)

附汪長祿致胡適的一封信（摘錄）：

適之先生：

　　……大作說「樹本無心結子，我也無恩於你。」這和孔融
所說的「父之於子當有何親……」「子之於母亦復奚為……」差
不多同一樣的口氣。我且不去管他。下文說的「但是你既來
了，我不能不養你教你」這是就做父母一方面的說法。換一方
面說，做兒子的也可模仿同樣的口氣說道，「但是我既來了，
你不能不養我教我，那是你對人道的義務，並不是待我的恩
誼。」……照先生的主張，竟把一般做兒子的抬舉起來，看做
一個「白吃不回帳」的主顧，那又未免太「矯枉過正」罷。
　　大作結尾說道，「我要你做一個堂堂的人，不要你做我的
孝順兒子。」這話我倒並不十分反對。但是我以為應該加上一
個字，可以這樣說：「我要你做一個堂堂的人，不單要你做我的
孝順兒子。」為什麼要加上這一個字呢？因為兒子孝順父母，
也是做人的一種信條，一定要把「孝」字「驅逐出境」，劃在
做人事業範圍以外，好像人做了孝子，便不能夠做一個堂堂的
人，先生把「孝」字看得與做人的信條立在相反的地位。
　　打個比方，有人昨天看見《每周評論》上先生的大作，也
便可以說道，「胡先生教我做一個堂堂的人，萬不可做父母的孝
順兒子」。久而久之，社會上佈滿了這種議論，那麼任憑父母
老病凍餓以至於死，都可以不管他了。

我很盼望先生有空閒的時候，再把那《我的父母》四個字做個題目，細細的想一番。把做兒子的對於父母應該怎樣報答的話，也得詠嘆幾句，「恰如分際」，「彼此兼顧」，那才免得發生許多流弊。

汪長祿

八月六日

（載《每周評論》34 號，1919 年 8 月 10 日）

小孩的委屈

周作人

　　譯完了《凡該利斯和他的新年餅》之後，發生了一種感想。

　　小孩的委屈與女人的委屈——這實在是人類文明上的大缺陷，大污點。從上古直到現在，還沒有補償的機緣，但是多謝學術思想的進步，理論上總算已經明白了。人類只有一個，裏面卻分作男女及小孩三種；他們各是人種之一，但男人是男人，女人是女人，小孩是小孩，他們身心上仍各有差別，不能強為統一。以前人們只承認男人是人（連女人們都是這樣想！），用他的標準來統治人類，於是女人與小孩的委屈，當然是不能免了。女人還有多少力量，有時略可反抗，使敵人受點損害，至於小孩受那野蠻的大人的處治，正如小鳥在頑童的手裏，除了哀鳴還有什麼法子？但是他們雖然白白的被犧牲了，卻還一樣的能報復，——加報於其父母！這正是自然的因果律。迂遠一點說，如比比那的病廢，即是宣告凡該利斯系統的凋落。切近一點說，如庫多沙菲利斯（也是藹氏所作的小說）打了小孩一個嘴巴，將他打成白痴，他自己也因此發瘋。文中醫生說，「這個瘋狂卻不是以父傳子，乃是自子至父的！」著者又說，「這是一個悲慘的故事，但是你應該聽聽；這或者於你有益，因為你也是喜歡發怒的」。我們聽了這些忠言，能不憬然悔悟？我們雖然不打小孩的嘴巴，但是日常無理的呵斥，無理的命令，以至無理

的愛撫，不知無形中怎樣的損傷了他們柔嫩的感情，破壞了他們甜美的夢，在將來的性格上發生怎樣的影響！

——然而這些都是空想的話。在事實上，中國沒有為將小孩打成白痴而發瘋的庫多沙菲利斯，也沒有想「為那可憐的比比那的緣故」而停止吵架的凡該利斯。我曾經親見一個母親將她的兩三歲的兒子放在高椅子上，自己跪在地上膜拜，口裏說道，「爹呵，你為什麼還不死呢！」小孩在高座上，同臨屠的豬一樣的叫喊。這豈是講小孩的委屈問題的時候？至於或者說，中國人現在還不將人當人看也不知道自己是人。那麼，所有一切自然更是廢話了。

十年九月

（選自《談虎集》上卷，上海：北新書局，1928 年）

《二十四孝圖》

　　我總要上下四方尋求，得到一種最黑，最黑，最黑的咒文，先來詛咒一切反對白話，妨害白話者。即使人死了真有靈魂，因這最惡的心，應該墮入地獄，也將決不改悔，總要先來詛咒一切反對白話，妨害白話者。

　　自從所謂「文學革命」以來，供給孩子的書籍，和歐，美，日本的一比較，雖然很可憐，但總算有圖有說，只要能讀下去，就可以懂得的了。可是一班別有心腸的人們，便竭力來阻遏它，要使孩子的世界中，沒有一絲樂趣。北京現在常用「馬虎子」這一句話來恐嚇孩子們。或者說，那就是《開河記》上所載的，給隋煬帝開河，蒸死小兒的麻叔謀；正確地寫起來，須是「麻胡子」。那麼，這麻叔謀乃是胡人了。但無論他是什麼人，他的吃小孩究竟也還有限，不過盡他的一生。妨害白話者的流毒卻甚於洪水猛獸，非常廣大，也非常長久，能使全中國化成一個麻胡，凡有孩子都死在他肚子裏。

　　只要對於白話來加以謀害者，都應該滅亡！

　　這些話，紳士們自然難免要掩住耳朵的，因為就是所謂「跳到半天空，罵得體無完膚，——還不肯罷休。」而且文士們一定也要罵，以為大悖於「文格」，亦即大損於「人格」。豈不是「言者心聲也」麼？「文」和「人」當然是相關的，雖然人世間本來千奇

百怪，教授們中也有「不尊敬」作者的人格而不能「不説他的小説好」的特別種族。但這些我都不管，因為我幸而還沒有爬上「象牙之塔」去，正無須怎樣小心。倘若無意中竟已撞上了，那就即刻跌下來罷。然而在跌下來的中途，當還未到地之前，還要説一遍：

只要對於白話來加以謀害者，都應該滅亡！

每看見小學生歡天喜地地看着一本粗拙的《兒童世界》之類，另想到別國的兒童用書的精美，自然要覺得中國兒童的可憐。但回憶起我和我的同窗小友的童年，卻不能不以為他幸福，給我們的永逝的韶光一個悲哀的弔唁。我們那時有什麼可看呢，只要略有圖畫的本子，就要被塾師，就是當時的「引導青年的前輩」禁止，呵斥，甚而至於打手心。我的小同學因為專讀「人之初性本善」讀得要枯燥而死了，只好偷偷地翻開第一頁，看那題着「文星高照」四個字的惡鬼一般的魁星像，來滿足他幼稚的愛美的天性。昨天看這個，今天也看這個，然而他們的眼睛裏還閃出甦醒和歡喜的光輝來。

在書塾以外，禁令可比較的寬了，但這是説自己的事，各人大概不一樣。我能在大眾面前，冠冕堂皇地閱看的，是《文昌帝君陰騭文圖説》和《玉曆鈔傳》，都畫着冥冥之中賞善罰惡的故事，雷公電母站在雲中，牛頭馬面佈滿地下，不但「跳到半天空」是觸犯天條的，即使半語不合，一念偶差，也都得受相當的報應。這所報的也並非「睚眥之怨」，因為那地方是鬼神為君，「公理」作宰，請酒下跪，全都無功，簡直是無法可想。在中國的天地間，不但做人，便是做鬼，也艱難極了。然而究竟很有比陽間更好的處所：無所謂「紳士」，也沒有「流言」。

陰間，倘要穩妥，是頌揚不得的。尤其是常常好弄筆墨的人，在現在的中國，流言的治下，而又大談「言行一致」的時候。前車可鑒，聽說阿爾志跋綏夫曾答一個少女的質問說，「唯有在人生的事實這本身中尋出歡喜者，可以活下去。倘若在那裏什麼也不見，他們其實倒不如死。」於是乎有一個叫作密哈羅夫的，寄信嘲罵他道，「……所以我完全誠實地勸你自殺來禍福你自己的生命，因為這第一是合於邏輯，第二是你的言語和行為不至於背馳。」

　　其實這論法就是謀殺，他就這樣地在他的人生中尋出歡喜來。阿爾志跋綏夫只發了一大通牢騷，沒有自殺。密哈羅夫先生後來不知道怎樣，這一個歡喜失掉了，或者另外又尋到了「什麼」了罷。誠然，「這些時候，勇敢，是安穩的；情熱，是毫無危險的。」

　　然而，對於陰間，我終於已經頌揚過了，無法追改；雖有「言行不符」之嫌，但確沒有受過閻王或小鬼的半文津貼，則差可以自解。總而言之，還是仍然寫下去罷：

　　我所看的那些陰間的圖畫，都是家藏的老書，並非我所專有。我所收得的最先的畫圖本子，是一位長輩的贈品：《二十四孝圖》。這雖然不過薄薄的一本書，但是下圖上說，鬼少人多，又為我一人所獨有，使我高興極了。那裏面的故事，似乎是誰都知道的；便是不識字的人，例如阿長，也只要一看圖畫便能夠滔滔地講出這一段的事跡。但是，我於高興之餘，接着就是掃興，因為我請人講完了二十四個故事之後，才知道「孝」有如此之難，對於先前痴心妄想，想作孝子的計劃，完全絕望了。

　　「人之初，性本善」麼？這並非現在要加研究的問題。但我還依稀記得，我幼小時候實未嘗蓄意忤逆，對於父母，倒是極願意孝

順的。不過年幼無知，只用了私見來解釋「孝順」的做法，以為無非是「聽話」，「從命」，以及長大之後，給年老的父母好好地吃飯罷了。自從得了這一本孝子的教科書以後，才知道並不然，而且還要難到幾十幾百倍。其中自然也有可以勉力仿效的，如「子路負米」，「黃香扇枕」之類。「陸績懷橘」也並不難，只要有闊人請我吃飯。「魯迅先生作賓客而懷橘乎？」我便跪答云，「吾母性之所愛，欲歸以遺母。」闊人大佩服，於是孝子就做穩了，也非常省事。「哭竹生筍」就可疑，怕我的精誠未必會這樣感動天地。但是哭不出筍來，還不過拋臉而已，一到「臥冰求鯉」，可就有性命之虞了。我鄉的天氣是溫和的，嚴冬中，水面也只結一層薄冰，即使孩子的重量怎樣小，躺上去，也一定嘩喇一聲，冰破落水，鯉魚還不及游過來。自然，必須不顧性命，這才孝感神明，會有出乎意料之外的奇跡，但那時我還小，實在不明白這些。

其中最使我不解，甚至於發生反感的，是「老萊娛親」和「郭巨埋兒」兩件事。

我至今還記得，一個躺在父母跟前的老頭子，一個抱在母親手上的小孩子，是怎樣地使我發生不同的感想呵。他們一手都拿着「搖咕咚」。這玩意兒確是可愛的，北京稱為小鼓，蓋即鞉也，朱熹曰，「鞉，小鼓，兩旁有耳；持其柄而搖之，則旁耳還自擊，」咕咚咕咚地響起來。然而這東西是不該拿在老萊子手裏的，他應該扶一枝拐杖。現在這模樣，簡直是裝佯，侮辱了孩子。我沒有再看第二回，一到這一頁，便急速地翻過去了。

那時的《二十四孝圖》，早已不知去向了，目下所有的只是一本日本小田海僊所畫的本子，敍老萊子事云，「行年七十，言不稱

老，常着五色斑斕之衣，為嬰兒戲於親側。又常取水上堂，詐跌仆地，作嬰兒啼，以娛親意」。大約舊本也差不多，而招我反感的便是「詐跌」。無論忤逆，無論孝順，小孩子多不願意「詐」作，聽故事也不喜歡是謠言，這是凡有稍稍留心兒童心理的都知道的。

然而在較古的書上一查，卻還不至於如此虛偽。師覺授《孝子傳》云，「老萊子……常着斑斕之衣，為親取飲，上堂腳跌，恐傷父母之心，僵仆為嬰兒啼。」（《太平御覽》四百十三引）較之今說，似稍近於人情。不知怎地，後之君子卻一定要改得他「詐」起來，心裏才能舒服。鄧伯道棄子救侄，想來也不過「棄」而已矣，昏妄人也必須說他將兒子捆在樹上，使他追不上來才肯歇手。正如將「肉麻當作有趣」一般，以不情為倫紀，誣衊了古人，教壞了後人。老萊子即是一例，道學先生以為他白璧無瑕時，他卻已在孩子的心中死掉了。

至於玩着「搖咕咚」的郭巨的兒子，卻實在值得同情。他被抱在他母親的臂膊上，高高興興地笑着；他的父親卻正在掘窟窿，要將他埋掉了。說明云，「漢郭巨家貧，有子三歲，母嘗減食與之。巨謂妻曰，貧乏不能供母，子又分母之食。盍埋此子？」但是劉向《孝子傳》所說，卻又有些不同：巨家是富的，他都給了兩弟；孩子是才生的，並沒有到三歲。結末又大略相像了，「及掘坑二尺，得黃金一釜，上云：天賜郭巨，官不得取，民不得奪！」

我最初實在替這孩子捏一把汗，待到掘出黃金一釜，這才覺得輕鬆。然而我已經不但自己不敢再想做孝子，並且怕我父親去做孝子了。家景正在壞下去，常聽到父母愁柴米；祖母又老了，倘使我的父親竟學了郭巨，那麼，該埋的不正是我麼？如果一絲不走樣，

也掘出一釜黃金來，那自然是如天之福，但是，那時我雖然年紀小，似乎也明白天下未必有這樣的巧事。

　　現在想起來，實在很覺得傻氣。這是因為現在已經知道了這些老玩意，本來誰也不實行。整飭倫紀的文電是常有的，卻很少見紳士赤條條地躺在冰上面，將軍跳下汽車去負米。何況現在早長大了，看過幾部古書，買過幾本新書，什麼《太平御覽》咧，《古孝子傳》咧，《人口問題》咧，《節制生育》咧，《二十世紀是兒童的世界》咧，可以抵抗被埋的理由多得很。不過彼一時，此一時，彼時我委實有點害怕：掘好深坑，不見黃金，連「搖咕咚」一同埋下去，蓋上土，踏得實實的，又有什麼法子可想呢。我想，事情雖然未必實現，但我從此總怕聽到我的父母愁窮，怕看見我的白髮的祖母，總覺得她是和我不兩立，至少，也是一個和我的生命有些妨礙的人。後來這印象日見其淡了，但總有一些留遺，一直到她去世——這大概是送給《二十四孝圖》的儒者所萬料不到的罷。

五月十日

（選自《魯迅全集》2 卷，北京：人民文學出版社，1981 年）

家庭為中國之基本

魯迅

　　中國的自己能釀酒，比自己來種鴉片早，但我們現在只聽說許多人躺着吞雲吐霧，卻很少見有人像外國水兵似的滿街發酒瘋。唐宋的踢球，久已失傳，一般的娛樂是躲在家裏徹夜叉麻雀。從這兩點看起來，我們在從露天下漸漸的躲進家裏去，是無疑的。古之上海文人，已嘗慨乎言之，曾出一聯，索人屬對，道：「三鳥害人鴉雀鴿」，「鴿」是彩票，雅號獎券，那時卻稱為「白鴿票」的。但我不知道後來有人對出了沒有。

　　不過我們也並非滿足於現狀，是身處斗室之中，神馳宇宙之外，抽鴉片者享樂着幻境，叉麻雀者心儀於好牌。簷下放起爆竹，是在將月亮從天狗嘴裏救出；劍仙坐在書齋裏，哼的一聲，一道白光，千萬里外的敵人可被殺掉了，不過飛劍還是回家，鑽進原先的鼻孔去，因為下次還要用。這叫做千變萬化，不離其宗。所以學校是從家庭裏拉出子弟來，教成社會人才的地方，而一鬧到不可開交的時候，還是「交家長嚴加管束」云。

　　「骨肉歸於土，命也；若夫魂氣，則無不之也，無不之也！」一個人變了鬼，該可以隨便一點了罷，而活人仍要燒一所紙房子，請他住進去，闊氣的還有打牌桌，鴉片盤。成仙，這變化是很大的，但是劉太太偏捨不得老家，定要運動到「拔宅飛升」，連雞犬都帶了上去而後已，好依然的管家務，飼狗，餵雞。

我們的古今人，對於現狀，實在也願意有變化，承認其變化的。變鬼無法，成仙更佳，然而對於老家，卻總是死也不肯放。我想，火藥只做爆竹，指南針只看墳山，恐怕那原因就在此。

　　現在是火藥蛻化為轟炸彈，燒夷彈，裝在飛機上面了，我們卻只能坐在家裏等他落下來。自然，坐飛機的人是頗有了的，但他那裏是遠征呢，他為的是可以快點回到家裏去。

　　家是我們的生處，也是我們的死所。

十二月十六日

（選自《魯迅全集》4 卷，北京：人民文學出版社，1981 年）

家之上下四旁

　　《論語》這一次所出的課題是「家」，我也是考生之一，見了不禁着急，不怨自己的肚子空虛得很，只恨考官促狹，出這樣難題目來難人。的確這比前回的「鬼」要難做得多了，因為鬼是與我們沒有關係的，雖然普通總說人死為鬼，我卻不相信自己會得變鬼，將來有朝一日即使死了也總不想到鬼門關裏去，所以隨意談論談論也還無妨。若是家，那是人人都有的，除非是不打誑話的出家人，這種人現在大約也是絕無僅有了，現代的和尚熱心於國大選舉，比我們還要積極，如我所認識的紹興阿毛師父自述，他們的家也比我們為多，即有父家妻家與寺家三者是也。總而言之，無論在家出家，總離不開家，那麼家之與我們可以說是關係深極了，因為關係如此之深，所以要談就不大容易。賦得家是個難題，我在這裏就無妨堅決地把他宣佈了。

　　話雖如此，既然接了這個題目，總不能交白卷了事，無論如何須得做他一做才行。忽然記起張宗子的一篇《岱志》來，第一節中有云：

　　「故余之志岱，非志岱也。木華作《海賦》，曰，胡不於海之上下四旁言之。余不能言岱，亦言岱之上下四旁已耳。」但是抄了之後，又想道，且住，家之上下四旁有可說的麼？我一時也回答不來。忽然又拿起剛從地攤買來的一本《醒閨編》來看，這是二十篇

訓女的韻文，每行分三三七共三句十三字，題曰西園廖免驕編。首篇第三頁上有這幾行云：

犯小事，由你說，倘犯忤逆推不脫。
有碑文，你未見，湖北有個漢川縣。
鄧漢真，是秀才，配妻黃氏惡如豺。
打婆婆，報了官，事出乾隆五十三。
將夫婦，問剮罪，拖累左鄰與右舍。
那鄰里，最慘傷，先打後充黑龍江。
那族長，伯叔兄，有問絞來有問充。
後家娘，留省城，當面刺字充四門。
那學官，革了職，流徙三千杖六十。
坐的土，掘三尺，永不准人再築室。
將夫婦，解回城，凌遲碎剮曉諭人。
命總督，刻碑文，後有不孝照樣行。

我再翻看前後，果然在卷首看見「遵錄湖北碑文」，文云：

乾隆五十三年正月奉：上諭：朕以孝治天下，海澨山陬無不一道同風。據湖北總督疏稱漢川縣生員鄧漢禎之妻黃氏以辱母毆姑一案，朕思不孝之罪別無可加，唯有剝皮示眾。左右鄰舍隱匿不報，律杖八十，烏龍江充軍。族長伯叔兄等不教訓子姪，亦議絞罪。教官並不訓誨，杖六十，流徙三千里。知縣知府不知究治，罷職為民，子孫永不許入仕。黃氏之母當面刺字，留省四門充軍。漢禎之家掘土三尺，永不許居住。漢禎之母仰湖北布政使司每月給米銀二兩，仍將漢禎夫婦發回漢川縣

對母剝皮示眾。仰湖北總督嚴刻碑文，曉諭天下，後有不孝之徒，照漢禎夫婦治罪。

我看了這篇碑文，立刻發生好幾個感想。第一是看見「朕以孝治天下」這一句，心想這不是家之上下四旁麼，找到了可談的材料了。第二是不知道這碑在哪裏，還存在麼，可惜弄不到拓本來一看。第三是發生「一丁點兒」的懷疑。這碑文是真的麼？我沒有工夫去查官書，證實這漢川縣的忤逆案，只就文字上說，就有許多破綻。十全老人的漢文的確有欠亨的地方，但這種諭旨既已寫了五十多年，也總不至於還寫得不合格式。我們難保皇帝不要剝人家的皮，在清初也確實有過，但乾隆時有這事麼，有點將信將疑。看文章很有點像是老學究的手筆，雖然老學究不見得敢於假造上諭，——這種事情直到光緒末革命黨才會做出來，而且文句也仍舊造得不妥帖。但是無論如何，或乾隆五十三年真有此事，或是出於士大夫的捏造，都是同樣的有價值，總之足以證明社會上有此種意思，即不孝應剝皮是也。從前翻閱阮雲台的《廣陵詩事》，在卷九有談逆婦變豬的一則云：

寶應成安若康保《皖遊集》載，太平寺中一豕現婦人足，弓樣宛然，（案，此實乃婦人現豕足耳。）同遊詫為異，余笑而解之曰，此必妒婦後身也，人彘之冤今得平反矣，因成一律，以《偶見》命題云。憶元幼時聞林庚泉云，曾見某處一婦不孝其姑遭雷擊，身變為彘，唯頭為人，後腳猶弓樣焉，越年余復為雷殛死。始意為不經之談，今見安若此詩，覺天地之大事變之奇，真難於恒情度也。惜安若不向寺僧究其故而書之。

阮君本非俗物，於考據詞章之學也有成就，今記錄此等惡濫故事，未免可笑，我抄了下來，當作確實材料，用以證此種思想之普遍，無雅俗之分也。翻個轉面就是勸孝，最重要的是大家都知道的《二十四孝圖說》。這裏邊固然也有比較容易辦的，如扇枕席之類，不過大抵都很難，例如餵蚊子，有些又難得有機會，一定要湊巧冬天生病，才可以去找尋魚或筍，否則終是徒然。最成問題的是郭巨埋兒掘得黃金一釜，這件事古今有人懷疑。偶看尺牘，見朱蔭培著《芸香閣尺》一書（道光年刊）卷二有《致顧仲懿》書云：

　　　　所論岳武穆何不直搗黃龍，再請違旨之罪，知非正論，姑作快論，得足下引《春秋》大義辨之，所謂天王明聖臣罪當誅，純臣之心唯知有君也。前春原嵇文評弟郭巨埋兒辨云，唯其愚之至，是以孝之至，事異論同，皆可補芸香一時妄論之失。

　　以我看來，顧嵇二公同是妄論，純是道學家不講情理的門面話，但在社會上卻極有勢力，所以這就不妨說是中國的輿論，其主張與朕以孝治天下蓋全是一致。從這勸與戒兩方面看來，孝為百行先的教條那是確實無疑的了。

　　現在的問題是，這在近代的家庭中如何實行？老實說，仿造的二十四孝早已不見得有，近來是資本主義的時代，神道不再管事，奇跡難得出現，沒有紙票休想得到筍和魚，世上一切都已平凡現實化了。太史公曰，傷哉貧也，生無以為養，死無以為葬也。這就明白的說明盡孝的難處。對於孝這個字想要說點閒話，實在很不容易。中國平常通稱忠孝節義，四者之中只有義還可以商量，其他三德分屬三綱，都是既得權利，不容妄言有所侵犯。昔者，施存統

著《非孝》，而陳仲甫頂了缸，至今讀經尊孔的朋友猶津津樂道，謂其曾發表萬惡孝為首的格言，而林琴南孝廉又拉了孔北海的話來胡纏，其實《獨秀文存》具在，中間原無此言也。我寫到這裏殊不能無戒心，但展側一想，余行年五十有幾矣，如依照中國早婚的習慣，已可以有曾孫矣，余不敏今僅以父親的資格論孝，雖固不及曾祖之闊氣，但資格則已有了矣。以余觀之，現代的兒子對於我們殊可不必再盡孝，何也，蓋生活艱難，兒子們第一要維持其生活於出學校之後，上有對於國家的義務，下有對於子女的責任，如要衣食飽暖，成為一個賢父良夫好公民，已大須努力，或已力有不及，若更欲彩衣弄雛，鼎烹進食，勢非貽誤公務虧空公款不可，一朝捉將官裏去，豈非飲鴆止渴，為之老太爺老太太者亦有何快樂耶。鄙意父母養育子女實止是還自然之債。此意與英語中所有者不同，須引《笑林》疏通證明之。有人見友急忙奔走，問何事匆忙，答云，20年前欠下一筆債，即日須償。再問何債，曰，實是小女明日出嫁。此是笑話，卻非戲語。男子生而願為之有室，女子生而願為之有家，即此意也。自然無言，生物的行為乃其代言也，人雖靈長亦自不能出此民法外耳。債務既了而情誼長存，此在生物亦有之，而於人為特顯著，斯其所以為靈長也歟。我想五倫中以朋友之義為最高，母子男女的關係所以由本能而進於倫理者，豈不以此故乎。有富人父子不和，子甚倔強，父乃語之曰，他事即不論，爾我共處二十餘年，亦是老朋友了，何必再鬧意氣。此事雖然滑稽，此語卻很有意思。我便希望兒子們對於父母以最老的老朋友相處耳，不必再長跪請老太太加餐或受訓誡，但相見怡怡，不至於疾言厲色，便已大佳。這本不是石破天驚的什麼新發明，世上有些國土也就是這樣做着，不過中國不承認，因為他是喜唱高調的。凡唱高調的亦

並不能行低調，那是一定的道理。吾鄉民間有目連戲。本是宗教劇而富於滑稽的插話，遂成為真正的老百姓的喜劇，其中有《張蠻打爹》一段，蠻爹對眾說白有云：

> 現在真不成世界了，從前我打爹的時候爹逃就算了，現在我逃了他還要追着打哩。

這就是老百姓的「犯話」，所謂犯話者蓋即經驗之談，從事實中「犯」出來的格言，其精銳而討人嫌處不下於李耳與伊索，因為他往往不留情面的把政教道德的西洋鏡戳穿也。在士大夫家中，案頭放着《二十四孝》和《太上感應篇》，父親乃由暴君降級欲求為老朋友而不可得，此等事數見不鮮，亦不復諱，亦無可諱，恰似理論與事實原是二重真理可以並存也者，不佞非讀經尊孔人卻也聞之駭然，但亦不無所得，現代的父子關係以老朋友為極則，此項發明實即在那時候所得到者也。

上邊所說的一番話，看似平常，實在我也是很替老年人打算的。父母少壯時能夠自己照顧，而且他們那時還要照顧子女呢，所以不成什麼問題。成問題的是在老年，這不但是衣食等事，重要的還是老年的孤獨。兒子闊了有名了，往往在書桌上留下一部《百孝圖說》，給老人家消遣，自己率領寵妾到洋場官場裏為國民謀幸福去了。假如那老頭子是個希有的明達人，那麼這倒也還沒有什麼。如曹庭棟在《老老恆言》卷二中所說：

> 世情世態，閱歷久看應爛熟，心衰面改，老更奚求。諺曰，求人不如求己。呼牛呼馬，亦可由人，毋少介意。少介意便生忿，忿便傷肝，於人何損，徒損乎己耳。

少年熱鬧之場非其類則弗親，苟不見幾知退，取憎而已。至與二三老友相對閒談，偶聞世事，不必論是非，不必較長短，慎爾出話，亦所以定心氣。

又沈赤然著《寒夜叢談》卷一有一則云：

膝前林立，可喜也，雖不能必其皆賢，必其皆壽也。金錢山積，可喜也，然營田宅勞我心，籌婚嫁勞我心，防盜賊水火又勞我心矣。黃髮台背，可喜也，然心則健忘，耳則重聽，舉動則須扶持，有不為子孫厭之，奴婢欺之，外人侮之者乎。故曰，多男子則多懼，富則多事，壽則多辱。

如能像二君的達觀，那麼一切事都好辦，可惜千百人中不能得一，所以這就成為問題。社會上既然尚無國立養老院，本各盡所能各取所需的原則，對於已替社會做過相當工作的老年加以收養，衣食住藥以至娛樂都充分供給，則自不能不託付於老朋友矣，——這裏不說子孫而必戲稱老朋友者，非戲也，以言子孫似專重義務，朋友則重在情感，而養老又以銷除其老年的孤獨為要，唯用老朋友法可以做到，即古之養志也。雖然，不佞不續編《二十四孝》，而實際上這老朋友的孝亦大不容易，恐怕終亦不免為一種理想，不違反人情物理，不壓迫青年，亦不委屈老年，頗合於中庸之道，比皇帝與道學家的意見要好得多了，而實現之難或與二十四孝不相上下，亦未可知。何也？蓋中國家族關係唯以名分，以利害，而不以情義相維繫也，亦已久矣。聞昔有龔橙自號半倫，以其只有一妾也，中國家庭之情形何如固然一言難盡，但其不為龔君所笑者殆幾希矣。家之上下四旁如只有半倫，欲求朋友於父子之間又豈可得了。

附記

　　關於漢川縣一案，我覺得乾隆皇帝（假如是他，）處分得最妙的是那鄧老太太。當着她老人家的面把兒子媳婦都剝了皮，剩下她一個孤老，雖是每月領到了藩台衙門的二兩銀子，也沒有家可住，因為這掘成一個茅廁坑了，走上街去，難免遇見黃宅親家母面上刺着兩行金印，在那裏看守城門，彼此都很難為情。教官族長都因為不能訓誨問了重罪，那麼鄧老太太似乎也是同一罪名，或者那樣處分也就是這意思吧。甚矣皇帝與道學家之不測也，吾輩以常情推測，殊不能知其萬一也。廿五年十月十八日記。

（選自《瓜豆集》，上海：上海宇宙風社，1937 年）

家

方令孺

　　你給我這題目「家」，放在心上好多日子了，我不妨對你說，這是很重的負擔呢。我天天籌思，教我從哪一方面寫，你說的不錯，我「一天到晚在家裏」，但是，你可別太聰明了，你想從鏡子裏窺探一個人的真容嗎，你想從一個人描寫他家中的景況，就可知道這個人的生活內情，與他一向的性格嗎？可惜我從來不歡喜照鏡子，你可無從知道我「一天到晚在家」幹些什麼，吃些什麼，穿些什麼。那麼我寫些什麼呢？談談普通人家的情形嗎？家與經濟的問題？家與文化的關係？家給一個人一生的影響？給人的安慰或苦惱？做一個人是不是一定或應該要個家，家是可愛，還是可恨呢？這些疑問糾纏在心上，教人精神不安，像舊小說裏所謂給魔魘住似的。

　　今晚我帶着這糾纏的心走出來。你瞧，這時天空真是一碧如洗，月像是古代希臘少年拋到天上去的一塊鐵餅，或是古代戰士的一面護心鏡失落在天空裏，讓群星的光輝射在上面發出這樣寒凜刺目的光芒，我這時在湖上，船正靠着山影走，一簇簇的樹影，在青藍的天空下，在渺茫的白水上，點綴着像零星的島嶼。我夢想着在這些地方還沒有「開化」之先，船夫們在這靜靜的月光下，躺在他們茅屋裏，對着灶上一盞油燈，看妻子坐在灶後而她的臉被爐火的光印得紅紅的，他心裏要覺得比現在自由比現在安穩吧。我聯想起

不久以前在採石磯看見那些打魚的人以船作家，起居飲食都在那麼斗大的艙裏，成天漂泊，究竟他們是苦還是樂？我又想起你的題目來了。這題目喊起來是這樣輕，這樣簡，可是你就是去問一問那個漁夫關於我上面的一個問題，一個小的問題，他都要瞪起眼睛不知道說什麼好。

　　這裏似乎「雅人」不少。今晚來玩月的並不限於酸書生。要人同銀行界的汽車一大排都擺在橋頭。今晚是來賞中秋的月，中秋的月是要把香花果品來供奉，是帶宗教的情緒來賞玩。假使我這時可以飛得高，一定看見滿城都是紅燭飄搖，香煙裊繞，遠遠還聽見爆竹的響聲，這確是一個莊嚴的夜，神的夜！所有今晚的遊客，好像都脫去了輕佻的衣裳，雖是有這麼多人在湖上，倒不像平時那樣混亂。一隻隻的船輕輕，慢慢的滑過去，船上坐着各種各樣的人：有沉吟，有低語，有仰頭浴着月光顯露着一張蒼白的臉；有憧憬着南方風物的青年彈着 Guitar，低唱着熱帶的情歌 Aloha Oe。這時候有這麼一隻船，一隻從來沒有見過的船，掛着一盞暗淡的玻璃燈，燈下約莫有三四個人圍坐在那兒猜拳賭酒；船頭上坐着另一個人，只是一團黑影看不清面目，我聽見唸詩的聲音就從這一團影子裏發出來，他唱着一種悠長的聲調，開頭稍低，接着漸漸高起來，到一個尖頂的時候又漸漸衰弱下去，終於在一半呻吟一半嘆息似的聲音裏消滅了。從這個聲音你可以想像古畫上隱約在薄霧裏的小山，一條曲折帶着跳濺水珠子的溪水，因為這聲音始終是顫動着拖下去；又像是一隻橫空孤雁的影子從水波上閃過。我把它比作雁影最合式了，因為這聲音的本身就是一半真實，一半空幻，一半是從人口中發出來，一半卻沉入夢想。有兩句詩我聽得很清楚：是「馬上相逢無紙筆，憑君傳語報平安。」你就可以想這月明的佳節，在這四望

杳溟的湖上，背後艙裏在半明的燈下幾個傷心的朋友拼酒澆愁，自己走出故鄉，離別家庭，天曉得是過着什麼樣的日子，在今晚這個情景下，心裏漲滿了恨才迸出這麼兩聲古人可憐的詩句。這時也許在什麼蘆葦的角落裏，殘荷的深密處，也有正在想家的人，聽了這聲音，能忍得住不衝破他的眼淚，嗚咽起來，還費了他的友伴許多唇舌才安慰下這顆顫栗的心？哪能不教我又想起你給我的題目「家」，並且猛然悟到了「家」的意義？「家」，我知道了，不管它給人多大的負擔，多深的痛苦，人還是像蝸牛一樣願意背着它的重殼沉滯的向前爬。我好像忽然看清楚了什麼東西，也像辛棄疾所謂「眾里尋他千百度，驀然回首，那人卻在燈火闌珊處。」

一九三六年，十一月，南京

（選自《方令孺散文選集》，上海：上海文藝出版社，1982 年）

論蓮花化身

聶紺弩

　　《封神》文字拙劣，唯哪吒出世一段最為精彩，因為題材太好，也許正是作者的思想的寄託的所在。

　　哪吒是陳塘關總兵李靖的小兒子，因為在河裏洗他的兵器——或者説玩具——混天綾，乾坤圈什麼的，驚動了龍宮，龍王的兒子出來干涉，出言不遜，被他把筋抽出來編了一條帶子。李靖看見他致死了龍子龍孫，嚇得屁滾尿流，一定要把他殺死。他哀求，爸爸發怒；他逃，爸爸追；他讓步，爸爸下毒手。「父要子亡，子不敢不亡」。他就抽出刀來，把身上的肉一塊一塊地割下來擲還給爸爸了。後來他的師父太乙真人用蓮花蓮葉替他做了一具身體，讓他的魂魄有所寄託，他才活轉來——大意如此。

　　孝道觀念支配了中國人的生活思想幾千年；如果僅僅是兒女的純真的自發行為，原也未可厚非，但不是這樣。大而言之，是封建帝王的統治工具；小而言之，是愚父愚母的片面要求。根本要義，不外犧牲他人，完成自己的特殊享受。推至其極，可以造成臥冰，埋兒，割股……等血腥的慘事，是最戕賊人性，離析家人父子感情的東西。

　　孝的説教者們振振有詞，津津樂道的孝的理由是什麼呢？簡單得很，無非「身體髮膚，受之父母」，「父兮生我，母兮育我……」之類。不用説，父母養育兒女的艱苦，和對於兒女的愛，是不容抹

煞的；但那一方面是自然的法則，一方面是他們做人的責任。不能說是什麼了不起的恩德，更不能因此苛索兒女的報償。人的身體髮膚雖是人的必備條件，但人之所以為人，卻並不專靠身體髮膚。我們說某人是大人，並不指他的身體魁偉；說某人是好人，也不是指他身體的康健或形體的完美。可見人生於世，必有比身體髮膚更重要的東西，而那些東西，卻不一定都是父母所能給予的。

　　孝的說教最不足為訓的，不在使兒女孝順父母，而在使父母中了它的毒，對於兒女對於自己的任何侍奉都居之不疑；自己對於兒女的任何苛虐，都毫無內疚。因之在新舊思想交替的時會，常有頑固的父母，濫用家庭的權威，為舊思想保鑣，阻礙兒女進步，甚至迫害兒女。如傳說中的瞽瞍夫婦之於帝舜。人被逼得上天無路，入地無門的時候，不免想到：父母何以能如此猖狂？不過曾給我以身體髮膚罷了！安得別有一具身體髮膚可以自用，把父母的還給父母，從此還我自由，飄然遠舉？《封神》的作者，創造出「蓮花化身」的故事，恐怕就是深有感於孝道的殘酷的。

　　傳統思想深中人心，孝道觀念猶為歷來的「聖君賢相」所支持；學士大夫，偶有對於孝道有不敬之處，如孔融，嵇康等人，都因之而罹殺身之禍。無權無勇的文人，乃不能不託之於荒謬的神話，用心亦可謂苦矣！

一九四二，十，廿，重慶

（選自《聶紺弩雜文集》，北京：三聯書店，1981 年）

家長

    在男性社會中間，家長是我頂弄不清楚的一個觀念。我從小沒有想到家長屬哪一門，哪一類，是怎樣的身份，是怎樣的地位，直到我自己最近成為這種奇怪的家畜之一。這不是說我自來沒有感到家長的權威，或者尊嚴。對於一個孩子，例如我，一切只有「畏」這個字來表現，至於另一個「敬」，說實話，一個十歲的野孩子，特別是鄉下孩子，根本就不體會這同樣屬人世的另一種精神作用。

    這話當然不便應用到人人身上。我只是把自己當做實例來講。別人我不知道，我不能分身進去感覺。但是，我自己，我敢說，生下來就好像怕一個人，一個修短適度，白面書生的中年男子——不用說，是我父親。我怕他。現在叫我回憶從哪一天怕起，我實在沒有力量做到，反正我可以相信，好像一落娘胎，我第一聲的啼哭就是衝着他來的。我真怕他。他並沒有繞腮鬍子，也不永久繃着面孔，我還瞥見他背着我們摸摸母親的臉，但是一聽見他咳嗽，或者走步，我就遠遠溜開，萬一沒有第二個門容我隱遁，只好垂直了一雙黑曲曲的小手，站正了，恨不得腳底下正是銅網陣的機關隧道。我想不出他有多大的生殺之權，不過我意識到這是我眼前唯一的人物；他吩咐人，差遣人，從來沒有被人差遣，被人吩咐，母親背地埋怨他兩句，然而也只是背地罷了。

家長   45

我必須聲明一句，就是我僅僅當着他怕他。他一不在眼前，我就活像開了鎖的猢猻，連跳帶竄，一直蹦上房去。他出去了，這寺廟一樣清淨的院落，彷彿開了閘。忽然一聲喧響，四面八方全是回應，兄弟姐妹湊在一起，做成熱鬧的市場。什麼都變了。玻璃砸了一塊；瓶子豁了一角；桌子壞了一條腿；牆上多了幾道鉛筆印子；最後勾針也許扎進姐姐的手指，姐姐疼哭了，我嚇哭了；父親在前院説着話哪，一切仍歸平靜，甚至於姐姐忘掉疼，不哭了，我更一溜煙不知溜到什麼地方去了。

　　其實提心吊膽，我藏在後園一叢丁香後頭。

　　然後我挨了一記耳光。

　　我哭了，又不敢哭了。

　　在這些無數的耳光裏面，我記得最親切的，也最顯家長尊嚴的，差不多回憶起來我最感興味的，是我忘記給他磕頭拜 的那一巴掌。直到如今，有十五六年了，我還覺得右半個臉紅腫着。尤其難堪（不僅是我，我父親同樣難堪）的，是坐了一屋的客人。在不同的情境，這傷着父子雙方的驕傲。——但是我説得太多了，或許有人要笑我不知羞了。然而，假如我告訴人，現在我也做了家長，也有權利打自己子女的耳光，誰敢笑我一個不是？假如我再告訴人，我倒羨慕那些挨耳光的日子，唯其我如今做了家長，難道我因而有失家長的高貴？

　　我明白我説的是什麼；別瞧我是家長，或者正唯其我是家長。現在我曉得父親為什麼老是繃着面孔，因為他要弄錢養活這一家大小；為什麼他必須繃着面孔，因為他要維持他既得的權利或者無從辭職的位置。我開始尊敬他；我了解他的苦衷。在所有的職業之

中，家長是終身而且最不幸的一個。他的上司是社會國家，下屬是群一無所能的婦孺。他作愛得躲着子女，或者太太；他嘆氣得躲着子女，甚至於太太；他讀書得躲着子女，尤其是太太。他得意的時辰，就許是他失意的時辰。他夢想了十年雲崗，梅蘭芳，峨眉山，甚至於中山公園。「明天我們結伴兒去，好不好？」明天？他搖搖頭：「我不閒在；我二孩子病了，出疹子。」

這種不可避免的累贅，並不足以證明家長之不可為。曾參唯恐家長之不可為，特地創造了一個「孝」字，來做父親或者家長的護符。然而在人生的現象裏面，最難令我理解的，正是那塊「父嚴子孝」的匾額。無論如何，家長在無形之中佔了便宜，卻也一絲不假。我可以強子女用功，說是為了他們好，甚至於像我父親，打他們一記耳光，我可以逛八大胡同，碰見兒子，罵他一聲不肖，打他一記耳光，把他從我心賞的小班¹踢走。然而這還顯不出家長的威風。我可以為了一粒芝麻，摔壞蘇漆小凳，或者扔破乾隆時代的細瓷瓶，沒有一個人敢說我，除非愛財心重，事後我輕輕自怨自一句。我必須守舊。我可以開出一批賞心悅目的方針，例如，頑固，蠻橫，拍桌大怒，不置可否，衣冠整飭等等。然而一個家長最堅固的城堡，卻是緘默。這是進可攻、退可守的無上戰略。從我做了家長以後，我明白這怎樣容易，又怎樣困難。這要來得自然。我有三字秘訣奉贈，就是「言必中」。所以，我學來好些為人的道理，從我做了家長以後，不幸是我立即發現我老，老到尋不見一絲不負責任的赤子之心了。

（選自《李健吾散文集》，銀川：寧夏人民出版社，1986 年）

---

1. 舊社會北京的著名妓女窩。「小班」是妓女的流派或戲子流派。過去戲子被與娼妓身份同等。

無家樂

冰心

家，是多麼美麗甜柔的一個名詞！

征人遊子，一想到家，眼裏會充滿了眼淚，心頭會起一種甜酸雜糅的感覺。這種描寫，在中外古今的文裏，不知有多少，且不必去管它。

但是「家」，除開了情感的分子，它那物質方面，包羅的可真多了：上自父母子女，下至雞犬貓豬；上自亭台池沼，下至水桶火盆，油瓶鹽罐，都是「家」之一部分，所以說到管家，哪一個主婦不皺眉？一說到搬家，哪一個主婦不頭痛？

在下雨或雨後的天，常常看見蝸牛拖着那黏軟的身體，在那凝澀潮濕的土牆上爬，我對它總有一種同情，一番憐憫！這正是一個主婦的象徵！

蝸牛的身體，和我們的感情是一樣的，綿軟又怯弱。它需要一個厚厚的殼常常要沒頭沒腦的鑽到裏面去，去求安去取暖。這厚厚的殼，便是由父母子女，油瓶鹽罐所組織成的那個沉重而複雜的家！結果呢，它求安取暖的時間很短，而背拖着這厚殼，咬牙蠕動的時候居多！

新近因為將有遠行，便暫時把我的家解散了，三個孩子分寄在舅家去，自己和丈夫借住在親戚或朋友的家中，東家眠，西家吃，

南京，上海，北平的亂跑，居然嘗到了二十年來所未嘗到的自由新鮮的滋味，那便是無家之樂。

古人說「無官一身輕」，這人是一個好官！他把做官當做一種責任，去了官，卸了責任，他便一身輕快，羽化而登仙。我們是說「無家一身輕」，沒有了家，也沒有了責任，不必想菜單，不必算帳，不必灑掃，不必……哎喲，「不必」的事情就數不清了。這時你覺得耳朵加倍清晰，眼睛加倍發亮，腦筋加倍靈活，沒事想找事做。

於是平常你聽不見的聲音，也聽見了；平常看不出顏色，也看出了；平常想不起的人物和事情，也一齊想起了；多熱鬧，多燦爛，多親切，多新鮮！

這次回到南京來，覺得南京之秋，太可愛可憐了，天空藍得幾乎趕得上北平，每天夜裏的星星和月亮，都那麼清冷晶瑩的，使人屏息，使人低首。早晨起來，睜眼看見紗窗外一片藍空，等不了扣好衣紐，便逼得人跑到門外去。在那蒙着一層微霜的纖草地上，自在疏慵的躺着十幾片稀落的紅黃的大楓葉，垂柳在風中快樂的搖曳，池裏的鳳尾紅魚在浮萍中間自由唼喋着，看見人來，潑剌地便游沉下去了。

這一天便這樣自由自在的開始。

我的朋友們，都住在頤和路一帶，早起就開始了頤和路的巡禮，為着訪友，為着吃飯，這頤和路一天要走七八遭。我曾笑對朋友說，將來南京市府要翻修頤和路的時候，我要付相當的修理費的，因為我走的太多了。

朋友們的氣味，和我大都相投，談起來十分起勁，到了快樂和傷心時候，都可以掉下眼淚，也有時可以深到忍住眼淚。本來麼，

這八九年來世界，國家，和個人的大變遷，做成了多少悲歡離合的事情，多少甜酸苦辣的情感。這九年的光陰，把我們從「蒙昧」的青春，推到了「了解」的中年，把往事從頭細說，分析力和理會力都加強了，忽然感到了九年前所未感覺到的悲哀和矛盾——但在這悲哀和矛盾中，也未嘗沒有從前所未感覺到的寧靜和自由。

談夠了心，忽然想出去走走，於是一窩蜂似的又出去了。我們發現玄武湖上，憑空添出了幾個幽靜清雅的角落，這裏常常是沒有人，或者是一兩個無事忙的孩子，佔住這小亭或小橋的一角。這廣大的水邊，一洗去車水船龍的景象，把晴空萬里的天，耀眼生花的湖水，濃纖纖的草地，靜悄悄的樓台，都交付了我們這幾個閒人。我們常常用寶愛珍惜的心情走了進來，又用留戀不捨的心情走了出去。

不但玄武湖上多出許多角落，連大街上也多出無數五光十色，炫目奪人的窗戶。好久不開發家用了，彷彿口袋裏的錢，總是用不完，於是東也買點，西也買點，送人也好，留着也好，充分享受了任意揮霍的快感。當我提着，夾着，捧着一大堆東西，飄飄然回到寓所的時候，心中覺得我所喜歡的不是那些五光十色的糖果，乃是這糖果後面一種揮霍的快樂。

還有種種紙牌戲：十年前我是決不玩的，覺得這是耗時傷神的事情。抗戰以後，在寂寞困苦的環境中，沒有了其他戶外的娛樂，紙牌就成為唯一的遊戲。到了重慶，在空襲最猛烈的季節，紅球掛起，警報來到，把孩子送下防空洞，等待緊急警報的時間也常常攤開紙牌，來鬆弛大家緊張的心情。但那還是拿玩牌當作一種工具，如平常大學教授之「衛生牌」，來調和實驗室裏單調的空氣。這次

玩牌卻又不同了，彷彿我是度一種特別放縱的假期，橫豎夜裏無須早睡，早晨無須早起，想病就病，想歇就歇，於是六七天來，差不多天天晚上有幾個朋友，邊笑邊談，一邊是有天沒日的玩着種種從未玩過的紙牌花樣。

這無家之樂，還在綿延之中，我們還在計算着在遠行之前，擠出兩三天去遊山玩水……但我已有了一種隱隱寂寞的感覺！記得幼年在私塾時期，從年夜晚起，鑼鼓喧天的直玩到正月十五，等到月上柳梢，一股寂寞之感，猛然襲來，真是「道場散了」！一會兒就該燒燈睡覺，在冷冷的被窩中，溫理這十五天來昏天黑地的快樂生涯，明天起再準備看先生的枯皺無情的臉，以及書窗外幾枝疏落僵冷的梅花。

上帝創造蝸牛時候，就給它背上一個厚厚的殼，肯背也罷，不肯背也罷，它總得背着那厚殼在蠕動。一來二去的，它對這厚殼，發生了情感。沒有了這殼，它雖然暫時得到了一種未經驗過的自由，而它心中總覺得反常，不安逸！

我所要鑽進去的那一個殼，是遠在海外的東京。和以前許多的殼一樣，據說也還清雅，再加上我的穩靜的丈夫，和嬌憨的小女，為求安取暖，還是不差！

是殼也罷，不是殼也罷，「家」是多麼美麗甜柔的一個「名詞」！

一九四六年十月廿日，南京頤和路

（選自《冰心文集》第 3 卷，上海：上海文藝出版社，1984 年）

啊，你盼望的那個原野

嚴文井

看着你的畫像，我忽然想起要舉行一次悄悄的祭奠。我舉起了一個玻璃杯。它是空的。

你知道我的一貫漫不經心。

我有酒。你也知道，那在另一個房間裏，在那個加了鎖的櫃櫥裏。

現在我只是單獨一人。那個房間，掛滿了蜘蛛網，積滿了厚厚的灰塵。我沒有動，只是瞅着你的面容。

我由猶豫轉而徘徊。

我徘徊在一個沒有邊際的樹林裏。

這兒很豐饒，但有些陰森。幾條青藤纏繞着那些粗大的樹幹，開着白色的花。青藤的枝條在樹冠當中伸了出來，好像有人在那兒窺望。

我絆絆跌跌。到處都是那麼厚的落葉，歪歪斜斜的朽木，還有水坑。

我低頭審視，想認出幾個足跡和一條小徑。也許我是想離開樹林。我可能已經染成墨綠色了，從頭到尾。我乾渴，舌頭發苦，渾身濕透。

我總是忘不了那個有些令我厭煩的世俗的世界。我不懂為什麼還要回到那裏去。可是我優柔寡斷，仍然在橫倒的老樹幹和被落葉埋着的亂石頭之間跌跌絆絆，不斷來回，不斷繞着圈兒。這兒過於清幽，反而令人感到憋悶。

「七毛啊——回來吧！」一個女人在叫喊。

「回來了！」另一個女人在回答。

「七毛啊——回來吧！」

「回來了！」

一個母親在為一個病重的兒子招魂。一呼一應，憂傷的聲音漸漸遠去。

那是五十多年前的一個夜晚。記不清是一個什麼樣的夜晚，但那的確是一個夜晚。那個小城市燈光很少，街巷裏黑色連成一片。

「魂兮歸來！」

「魂兮歸來！」

一片黃色的木葉在旋轉着飄飄而下，落在我的面前。也許這就是他，他失落在我的面前。我張口呼喊。然而我聽不見自己的聲音。一片寂靜。難道我也失落了？我又失落在誰的面前？

如果真有那麼一個人，我很想看見他。只有一陣短促的林鳥嘶鳴，有些凄厲，隨即消失。那不能算回答。

那飄忽不定的是幾個模糊的光圈，顏色慘白。那一定是失落到這兒的太陽。

有微小的風在把樹林輕輕搖晃。

「不要看，快把眼睛閉着。你的眼睛反光，會暴露目標。」

九架轟炸機，排成三排，正飛臨我們上空。它們的肚皮都好像筆直地對着我們躺在裏面的那個土坑，對着我們。

「駕駛員看不見我的眼睛。」

「不，看得見的。你的眼睛太亮。」

你伸出一隻手來遮住我的雙眼，又用一隻胳膊來護住我的腦袋。你毫不懷疑你那柔弱的胳膊能夠拯救我的生命。上帝也不會這樣真誠。

轟炸機從這片田野上空飛過去了，炸彈落在遠方。戰爭過去了，我們安然度過了自己的青春。但是，總是匆匆忙忙。

你躺在那張病床上。

你並不知道那就是你臨終的病床，説：

「明年我們一定要一起出去旅行，到南方。你陪着我去那些我沒有去過的地方。」

你還説：

「可憐的老頭兒，你也該休息休息。」

在昏迷中，你還有一句不完整的話：

「……那個花的原野，那個原野都是花……」

就這樣，你一點點地耗盡了燈油，熄滅了你的光。

我和幾個人把蒙着白布的你從床上抬起。我真沒有想到你有這麼沉。

護士們來打開這間小房的窗扇，讓風肆意吹。這些窗扇好久沒有打開過，你總是幻覺到有股很冷的風。

　　我提着那個瓷壇走向墓地。瓷壇叮噹作響，那是我母親火化後剩餘的骨殖在裏面碰擊。

　　我盡量走得慢一些，也不斷調整我走路的姿勢，但無法找到一個更妥當的辦法，避免這樣的碰擊。

　　一些路人遠遠躲開我。他們認得這種瓷壇。

　　我母親不會這樣對待我。當我在她肚子裏的時候，我得到的只能是溫暖和柔和。即使我有些不安分，她也不會讓我碰擊作響。她用自己的肉體裝着我，我用冰冷的瓷壇裝着她。那個給予和這個回報是如此不相稱。我的後悔說不完。

　　我正在把母親送往墓地。一片寧靜，我沒有聽見母親說話的聲音。

　　我仍在密樹和叢莽之間轉圈兒。

　　這也許是一個我永遠無法穿過的迷宮。樹葉沙沙作響，無邊無際，無始無終。也許一陣暴風雨就要來臨。

　　突然響起了一個悶雷，在一個不知道的遠方。

　　我也許會永遠失落在這裏，也許。

　　我是這樣矛盾。喜歡孤寂，可又害怕與世隔絕。

　　這麼熱。這裏可能有一團厚厚的水蒸氣正在鬱結。可是我又看不見那股灰白色的熱霧。

　　我已滿身濕透，我仍在轉悠。

我多麼希望聽見你的一聲呼喚。哪怕是嘲笑，甚至斥責，只要是你的聲音。

你太善良了。我有失誤，你總是給以撫慰；我有不幸，必然會引起你的憂傷；我對你粗暴，你只有無聲的眼淚。

「魂兮歸來！歸來！」

只有樹葉沙沙作響。

那個時候我們真是無憂無慮，只要能夠行走就會感到海闊天空。

那片高原上有黃土，有石頭，有酸棗刺，還有溪流。溪流裏還常常看到成群的小蝌蚪。我們老是沿着彎彎拐拐的山溝跋涉，不知道哪兒是盡頭。

我決沒有想到你後我而來，竟會先我而去。決沒有，決沒有。

「魂兮歸來！歸來！」

現在我腦子裏獨自裝着那些山溝，我只好勉強承認那個有些神秘的盡頭。

現在我正跟着一大隊奇裝異服的人去開墾一塊「沼澤地」，一個美麗的湖。大水還沒退盡，一片泥濘。這是一個多雨的地方。我們不少人滑倒了，每個人都是大汗淋漓。如果你看見這個場面，肯定又會說：「可憐的老頭兒！」

不，我們不應該討人憐憫，更不必為自己傷心。

前面有一片高地，地面鋪滿了小草，竟然一片翠綠。

你定會代我感到高興，再前面又突然出現了一叢叢野花。

紫色的一片，紅色的一片，藍色的一片，都是矮矮的，緊緊貼着地面。它們沒有喧囂，更不吵嚷。只是一片寧靜，一片安詳。

我叫不出那些小小的野花的名字。我的最高讚美只有一個字：花！

正如同你就是你一樣，它們就是花，就是美，就是它們自己。

我很想為那些野花野草多流連一會兒，但是沒有辦法。我們並沒有參加一場戰爭，也沒存心冒犯誰，一夜之間卻變成了自己同事的「俘虜」。我們還得繼續在無盡的泥濘裏東歪西倒，去開墾那片「沼澤地」，那個美麗的湖。那是命令。唉！那個年代！

虛妄逐漸退卻，幻影慢慢隱去。我終於在樹林中找到了一片開闊地。這裏有許多蘑菇，許多野花。一片寧靜，一片幽香。這不就是你説的那個「花的原野」！

我想你早就想像過這樣一個原野，而你白白盼望了一生，等待了一生。

我終於明白了你未説完的話的意思。

我顛三倒四地向你説了這麼一大堆，你當然記得這是我的秉性難移。你在傾聽，帶着我熟悉的那個笑容。你從來不嫌我囉嗦。

不必再呼喚你的歸來，你根本就沒有離開。你就在我的身邊，每朵花都可以作證明。

我放下了酒杯。

原諒我，我忘記了你是不會喝酒的。美好的感情，不靠酒來激發。我們的心很柔和，還要繼續保持柔和。

你應該高興，我們正在走向花的原野。

啊，你盼望的那個原野！

一九八三年七月廿八日晚

（選自《人民文學》，1983 年 10 期）

寄小讀者
通訊十二

冰心

小朋友：

　　滿廊的雪光，開讀了母親的來信，依然不能忍的流下幾滴淚。——四圍山上的層層的松枝，載着白絨般的很厚的雪，沉沉下垂。不時的掉下一兩片手掌大的雪塊，無聲的堆在雪地上。小松呵！你受造物的滋潤是過重了！我這過分的被愛的心，又將何處去交卸！

　　小朋友，可怪我告訴過你們許多事，竟不曾將我的母親介紹給你。——她是這麼一個母親：她的話句句使做兒女的人動心，她的字，一點一劃都使做兒女的人下淚！

　　我每次得她的信，都不曾預想到有什麼感觸的，而往往讀到中間，至少有一兩句使我心酸淚落。這樣深濃，這般誠摯，開天闢地的愛情呵！願普天下一切有知，都來頌讚！

　　以下節錄母親信內的話，小朋友，試當她是你自己的母親，你和她相離萬里，你讀的時候，你心中覺得怎樣？

　　　我讀你《寄母親》的一首詩，我忍不住下淚，此後你多來信，我就安慰多了！

　　　　　　　　　　　　　　　　　　　　　　十月十八日

我心靈是和你相連的。不論在做什麼事情，心中總是想起你來……

十月二十七日

　　我們是相依為命的。不論你在什麼地方，做什麼事情，你母親的心魂，總繞在你的身旁，保護你撫抱你，使你安安穩穩一天一天的過去。

十一月九日

　　我每遇晚飯的時候，一出去看見你屋中電燈未息，就彷彿你在屋裏，未來吃飯似的，就想叫你，猛憶你不在家，我就很難過！

十一月二十二日

　　你的來信和相片，我差不多一天看了好幾次，讀了好幾回。到夜中睡覺的時候，自然是夢魂飛越在你的身旁，你想做母親的人，哪個不思念她的孩子？……

十一月二十六日

　　經過了幾次的酸楚我忽發悲願，願世界上自始至終就沒有我，永滅母親的思念。一轉念縱使沒有我，她還可有別的女孩子做她的女兒，她仍是一般的牽掛，不如世界上自始至終就沒有母親。——然而世界上古往今來百千萬億的母親，又當如何？且我的母親已經徹底的告訴我：「做母親的人，哪個不思念她的孩子！」

為此我透澈地覺悟，我死心塌地的肯定了我們居住的世界是極樂的。「母親的愛」打千百轉身，在世上幻出人和人，人和萬物種種一切的互助和同情。這如火如荼的愛力，使這疲緩的人世，一步一步的移向光明！感謝上帝！經過了別離，我反覆思尋印證，心潮幾番動蕩起落，自我和我的母親，她的母親，以及他的母親接觸之間，我深深的證實了我年來的信仰，絕不是無意識的！

　　真的，小朋友！別離之前，我不曾懂得母親的愛動人至此，使人一心一念，神魂奔赴……我不須多説，小朋友知道的比我更徹底。我只願這一心一念，永住永存，盡我在世的光陰，來謳歌頌揚這神聖無邊的愛！聖保羅在他的書信裏説過一句石破天驚的話，是：「我為這福音的奧秘，做了帶鎖鏈的使者。」一個使者，卻是帶着奧妙的愛的鎖鏈的！小朋友，請你們監察我，催我自強不息的來奔赴這理想的最高的人格！

　　這封信不是專為介紹我母親的自身，我要提醒的是「母親」這兩個字。誰無父母，誰非人子？母親的愛，都是一般；而你們天真中的經驗，卻千百倍的清晰濃摯於我！母親的愛，竟不能使我在人前有絲毫的得意和驕傲，因為普天下沒有一個沒有母親的孩子。小朋友，誰道上天生人有厚薄？無貧富，無貴賤，造物者都預備一個母親來愛他。又試問鴻濛初辟時，又哪裏有貧富貴賤，這些人造的制度階級？遂令當時人類在母親的愛光之下，個個自由，個個平等！

　　你們有這個經驗麼？我往往有愛世上其他物事勝過母親的時候。為着兄弟朋友，為着花鳥蟲魚，甚至於為着一本書一件衣服，和母親違拗爭執。當時只弄嬌痴，就是母親，也未曾介意。如今病

榻上寸寸回想，使我有無限的驚悔。小朋友！為着我，你們自此留心，只有母親是真愛你的。她的勸誡，句句有天大的理由。花鳥蟲魚的愛是暫時的，母親的愛是永遠的！

時至今日，我偶然覺悟到，因着母親，使我承認了世間一切其他的愛，又冷淡了世間一切其他的愛。

青山雪霽，意態十分清冷。廊上無人，只不時的從樓下飛到一兩聲笑語，真是幽靜極了。造物者的意旨，何等的深沉呵！把我從歲暮的塵囂之中，提將出來，叫我在深山萬靜之中，來輾轉思索。

說到我的病，本不是什麼大症候，也就無所謂痊癒，現在只要慢慢的休息着。只是逃了幾個月的學，其中也有幸有不幸。

這是 1923 年的末一日，小朋友，我祝你們的進步。

冰心

一九二三年十二月三十一日，青山沙穰

（選自《冰心文集》第 3 卷，上海：上海文藝出版社，1984 年）

我的祖母之死

徐志摩

一

一個單純的孩子，
過他快活的時光，
笑嘻嘻的，活潑潑的，
何嘗識別生存與死亡？

　　這四行詩是英國詩人華茨華斯（William Wordsworth）一首有名的小詩叫做《我們是七人》（*We are Seven*）的開端，也就是他的全詩的主意。這位愛自然，愛兒童的詩人，有一次碰着一個八歲的小女孩，髮鬌蓬鬆的可愛，他問她兄弟姊妹共有幾人，她說我們是七個，兩個在城裏，兩個在外國，還有一個姊妹一個哥哥，在她家裏附近教堂的墓園裏埋着。但她小孩的心理，卻不分清生與死的界限，她每晚攜着她的乾點心與小盤皿，到那墓園的草地裏，獨自的吃，獨自的唱，唱給她的在土堆裏眠着的兄姊聽，雖則他們靜悄悄的莫有迴響，她爛漫的童心卻不曾感到生死間有不可思議的阻隔；所以任憑華翁多方的譬解，她只是睜着一雙靈動的小眼，回答說：

　　「但是，先生，我們還是七人。」

二

　　其實華翁自己的童真，也不讓那小女孩的完全。他曾經說「在孩童時期，我不能相信我自己有一天也會得悄悄的躺在墳裏，我的骸骨會得變成塵土。」又一次他對人說：「我做孩子時最想不通的，是死的這回事將來也會得輪到我自己身上。」

　　孩子們天生是好奇的，他們要知道貓兒為什麼要吃耗子，小弟弟從哪裏變出來的，或是究竟先有雞還是先有雞蛋；但人生最重大的變端——死的現象與實在，他們也只能含糊的看過，我們不能期望一個個小孩子們多是搔頭窮思的丹麥王子。他們臨到喪故，往往跟着大人啼哭；但他只要眼淚一乾，就會到院子裏踢毽子，趕蝴蝶，即使在屋子裏長眠不醒了的是他們的親爹或親娘，大哥或小妹，我們也不能盼望悼死的悲哀可以完全翳蝕了他們稚羊小狗似的歡欣。你與其對孩子說，你媽死了，你知道不知道——他十次裏有九次只是對着你發呆；但他等到要媽叫媽，媽偏不應的時候，他的嫩頰上就會有熱淚流下。但小孩天然的一種表情，往往可以給人最深的感動。我生平最忘不了的一次電影，就是描寫一個小孩愛戀已死母親的種種天真的情景。她在園裏看種花，園丁告訴她這花在泥裏，澆下水去，就會長大起來。那天晚上天下大雨，她睡在床上，被雨聲驚醒了，忽然想起園丁的話，她的小腦筋裏就發生了絕妙的主意。她偷偷的爬出了床，走下樓梯，到書房裏去拿下桌上供着的她死母的照片，一把揣在懷裏，也不顧傾倒着的大雨，一直走到園裏，在地上用園丁的小鋤掘鬆了泥土，把她懷裏的親媽，謹慎的取了出來，栽在泥裏，把鬆泥掩護着，她做完了工就蹲在那裏守候——一個三四歲的女孩，穿着白色的睡衣，在深夜的暴雨裏，蹲

在露天的地上，專心篤意的盼望已經死去的親娘，像花草一般，從泥土裏發長出來！

三

我初次遭逢親屬的大故，是二十年前我祖父的死，那時我還不滿六歲。那是我生平第一次可怕的經驗，但我追想當時的心理，我對於死的見解也不見得比華翁的那位小姑娘高明。我記得那天夜裏，他們吩咐祖父病重，他們今夜不睡了，但叫我和我的姊妹先上樓睡去，回頭要我們時他們會高叫的。我們就上樓去睡了，底下就是祖父的臥房，我那時也不十分明白，只知道今夜一定有很怕的事，有火燒，強盜搶，做怕夢，一樣的可怕。我也不十分睡着，只聽得樓下的急步聲，碗碟聲，喚婢僕聲。隱隱的哭泣聲，不息的響着。過了半夜，他們上來把我從睡夢裏抱了下去，我醒過來只聽得一片的哭聲，他們已經把長條香點起了，一屋子的煙，一屋子的人，圍攏在床前，哭的哭，喊的喊，我也捱了過去，在人叢裏偷看大床裏的好祖父。忽然聽說醒了醒了，哭喊聲也歇了，我看見父親爬在床裏，把病父抱持在懷裏，祖父倚在他的身上，雙眼緊閉着，口裏銜着一塊黑色的藥物，祖父說話了，很清的聲音，雖則我不曾聽明他說的什麼話，後來我知道他經過了一陣昏暈，他又醒了過來對家人說：「你們吃嚇了，這算是小死。」他接着又說了好幾句話，隨講音隨低，呼氣隨微，去了，再不醒了，但我卻不曾親見最後的彌留，也許是我記不起，總之我那時早已跪在地板上，手裏擎着香，跟大家高聲的哭喊了。

四

　　此後我在親戚家收殮雖則看得不少，但死的實在的狀況卻不曾見過。我們唸書人的幻想力是較比的豐富，但往往因為有了幻想力，就不管生命現象的實在，結果是書獃子，陸放翁說的「百無一用是書生。」人生的範圍是無窮的，經驗也是無窮的，我們少年時精力充足，什麼都不怕嘗試，只愁沒有出奇的事情做，往往抱怨這宇宙太窄，青年大鵬似的翅膀飛不痛快，但是……但是平心的說，且不論奇的，怪的，特別的，離奇的，我們姑且試問人生裏最基本的事實，最單純的，最普遍的，最平庸的，最近人情的經驗，我們究竟能有多少的把握，我們能有多少深徹的了解，我們是否都親身經歷過？譬如說：生產，戀愛，痛苦，悲，死，妬，恨，快樂，真疲倦，真飢餓，渴，毒餤似的渴，真的幸福，凍的刑罰，懺悔，種種的情熱。我可以說，我們平常人生觀，人類，人道，人情，真理，哲理，本能等等名詞不離口吻的唸書人們，什麼文學家，什麼哲學家——關於真正人生基本的事實的實在，知道的——恐怕是極微至鮮，即便不等於圓圈。我有一個朋友從山西打獵回來，他接連有幾天極端的勞碌，不曾有一刻的休息，他對我說，我這才知道疲倦是什麼！又有一個朋友，他和他夫人的感情極厚，一次他夫人臨到難產，因為在外國，所以進醫院什麼都得他自己照料，最後醫生宣言只有用手術一法，但性命不能擔保，他沒有法子，只好和他半死的夫人訣別，（解剖時親屬不准在旁的）滿心毒魔似的難受，他出了醫院，走在道上，走上橋去，走下橋去，像得了離魂病似的，心脈舂臼似的跳着，最後他聽着了教堂和緩的鐘聲，他就不自主的跟着鐘聲，進了教堂，跟着在做禮拜的跪着，禱告，懺悔，祈求，

唱詩，流淚，（他並不是信教的人），他這樣的捱過了時刻，後來回轉醫院時，一步步都是殘酷的磨難，比上行刑場的犯人，加倍的難受，他怕見醫生與看護婦，彷彿他的運命是在他們的手掌裏握着。事後他對人說「我這才知道了人生一點子的意味！」

五

所以不曾經歷過精神或心靈的大變的人們，只是在生命的戶外徘徊，也許偶爾猜想到幾分牆內的動靜，但總是浮的淺的，不切實的，甚至完全是隔膜的。人生也許是個空虛的幻夢，但在這幻象中，生與死，戀愛與苦痛，畢竟是陡起的奇峰，應得激動我們彷徨者的注意，在此中也許有可以感悟到一些幻裏的真，虛中的實，這浮動的水泡不曾破裂以前，也應得飽吸自由的日光反射幾絲顏色！

我是一隻不羈的野狗，我往往縱容想像的猖狂，詭辯人生的現實：比如憑藉凹折的玻璃，覺察當前景色。但時而復再，我也能從煩囂的雜響中聽出清新的樂調，在眩耀的雜彩裏，看出有條理的意匠。祖母的大故，老家庭的生活，給我不少靜定的時刻，不少深刻的反省。我不敢說我因此感悟了部分的真理，或是取得了若干的智慧；我只能說我因此與實際生活更深了一層的接觸，益發激動我對於人生種種好奇的探討，益發使我驚訝這迷謎的玄妙，不但死是神奇的現象，不但生命與呼吸是神奇的現象，就連日常的生活與習慣與迷信，也好像放射着異樣的光閃，不容我們擅用一兩個形容詞來概狀，更不容我們昌言什麼主義來抹煞——我的革新者的熱心，碰着了實在的寒冰！

六

　　我在我的日記裏翻出一封不曾寫完不曾付寄的信,是我祖母死後第二天的早上寫的。我那時在極強烈的極鮮明的時刻內,很想把那幾日的經過感想與疑問,痛快的寫給一個同情的好友,使他在數千里外也能分嘗我強烈的鮮明的情感。那位同情的好友我選中了通伯,但那封信卻只起了一個呆重的頭,一為喪中忙,二是我那時眼熱不耐用心,始終不曾寫就,一直挨到現在再想補寫,恐怕強烈的已經變弱,鮮明的已經透闊,逃亡的囚逋,不易追獲的了。我現在把那封殘信錄在這裏,再來追摹當時的情景。

　　通伯:

　　　　我的祖母死了!從昨夜十時半起,直到現在,滿屋子只是號啕呼搶的悲音,與和尚道士女僧的禮懺鼓磬聲。二十年前祖父喪時的情景,如今又在眼前了。忘不了的情景!你願否聽我講些?

　　　　我一路回家,怕的也許已經見不到老人,但老人卻在生死的交關彷彿存心的彌留着,等待她最鍾愛的孫兒——即不能與他開言訣別,也使他尚能把握她依然温暖的手掌,撫摩她依然跳動着的胸懷,凝視她依然能自開自闔,雖則不再能表情的目睛。她的病是腦充血的一種,中醫稱為「卒中」(最難救的中風)。她十日前在暗房裏蹎僕倒地,從此不再開口出言,登仙似的結束了她 84 年的長壽,六十年良妻與賢母的辛勤,她現在已經永遠的脱辭了煩惱的人間,還歸她清淨自在的來處。我們承受她一生的厚愛與蔭澤的兒孫,此時親見,將來追念,她最

後的神化，不能自禁中懷的摧痛，熱淚暴雨似的盆涌；然痛心中卻亦隱有無窮的讚美，熱淚中依稀想見她功成德滿的微笑，無形中似有不朽的靈光，永遠的臨照她綿衍的後裔。

七

舊曆的乞巧那一天，我們一大群快活的遊蹤，驢子灰的黃的白的，轎子四個腳夫抬的，正在山海關外，紆迴的，曲折的，繞登角山的棲賢寺，面對着殘圮的長城，巨蟲似的爬山越嶺，隱入煙靄的迷茫。那晚回北戴河海濱住處，已過半夜，我們還打算天亮四點鐘上蓮峰山去看日出，我已經快上床，忽然想起了，出去問有信沒有，聽差遞給我一封電報，家裏來的四等電報。我就知道不妙，果然是「祖母病危速回！」我當晚就收拾行裝，趕早上六時車到天津，晚上才上津浦快車。正嫌路遠車慢，半路又為水發沖壞了軌道過不去，一停就停了十二點鐘有餘，在車裏多過了一夜，直到第三天的中午方才過江上滬寧車。這趟車如其準點到上海，剛好可以接上滬杭的夜車；誰知道又誤了點，誤了不多不少的一分鐘，一面我們的車進站，他們的車鳴的一聲叫，別斷別斷的去了！我若然是空身子，還可以冒險跳車，偏偏我的一雙手又教行李僱定了，所以只得定着眼睛送他走。硤石人說的「吃素碰着月大」，或是「關子頭上敲潮煙」，真是！

所以直到八月二十二日的中午我方才到家。我給通伯的信說「怕的是已經見不着老人」，在路上那幾天真是難受，縮不短的距離沒有法子，但是那「斷命的」（蘇州人說的）水發，斷命的火車，一面不好快一分鐘到，一面何妨遲兩分鐘開，幾面湊着來，叫我整整

的遲了一晝夜到家！試想病危了的八十四歲的老人，這二十四點鐘不是容易過的，說不定她剛巧在這個期間內有什麼動靜，那才叫人抱憾哩！可是結果還算沒有多大的差池——她老人家還在生死的交關等着！

<h1 style="text-align:center">八</h1>

奶奶——奶奶——奶奶！奶——奶！你的孫兒志摩回來了，奶奶！沒有回音。老太太闔着眼，仰面躺在床裏，右手拿着一把半舊的雕翎扇很自在的扇動着。老太太原來就怕熱，每年暑天總是扇子不離手的，那幾天天又是特別的熱。這還不是好好的老太太，呼吸頂勻淨的，定是睡着了，誰說危險！奶奶，奶奶！她把扇子放下了，伸手去摸着她頭頂上掛着的冰袋，一把抓得緊緊的，呼了一口長氣，像是暑天趕道兒的喝了一碗涼湯似的，這不是她明明的有感覺不是？我把她的手握在手裏，她似乎感覺我手心的熱，可是她也讓我握着，她開眼了！右眼張得比左眼開些，瞳子卻是發呆，我拿手指在她的眼前一挑，她也沒有瞬，那準是她瞧不見了——奶奶，奶奶，——她也準沒有聽見，難道她真是病了，真是危險，這樣愛我疼我寵我的好祖母，難道真會得……我心裏一陣的難受，鼻子裏一陣的酸，滾熱的眼淚就迸了出來。這時候床前已經擠滿了人，我的這位，我的那位，我一眼看過去，只見一片慘白憂愁的面色，一雙雙裝滿了淚珠的眼眶。我的媽更看的憔悴。她們已經伺候了六天六夜，媽對我講祖母這回不幸的情形，怎樣的她夜飯前還在大廳上吩咐事情，怎樣的飯後進房去自己擦臉，不知怎樣的閃了下去，外

面人聽着響聲才進去，已經是不能開口了，怎樣的請醫生，一直到現在還沒有轉機⋯⋯

　　一個人到了天倫骨肉的中間，整套的思想情緒，就變換了式樣與顏色。你的不自然的口音與語法沒有用了；你的耀眼的袍服可以不必穿了；你的潔白的天使的翅膀，預備飛翔出人間到天堂的，不便在你的慈母的跟前自由的開豁；你的理想的樓台亭閣，也不易輕易的放進這二百年的老屋；你的佩劍，要塞，以及種種的防禦，在爭競的外界即使是必要的，到此只是可笑的累贅。在這裏，不比在其餘的地方，他們所要求於你的，只是隨熟的聲音與笑貌，只是好的，純粹的本性，只是一個沒有斑點子的赤裸裸的好心。在這些純愛的骨肉的經緯中心，不由得你不從你的天性裏抽出最柔最糯亦最有力的幾縷絲線來加密或是縫補這幅天倫的結構。

　　所以我那時坐在祖母的床邊，含着兩朵熱淚，聽母親敍述她的病況，我腦中發生了異常的感想，我像是至少逃回了二十年的光陰，正如我膝前子侄輩一般的高矮，回復了一片純樸的童真，早上走來祖母的床前，揭開帳子叫一聲軟和的奶奶，她也回叫了我一聲，伸手到裏床去摸給我一個蜜棗或是三片狀元糕，我又叫了一聲奶奶，出去玩了，那是如何可愛的辰光，如何可愛的天真，但如今沒有了，再也不回來了。現在床裏躺着的，還不是我的親愛的祖母，十個月前我伴着到普渡登山拜佛清健的祖母，但現在何以不再答應我的呼喚，何以不再能表情，不再能說話，她的靈性哪裏去了，她的靈性哪裏去了？

九

　　一天，一天，又是一天——在垂危的病榻前過的時刻，不比平常飛駛無礙的光陰，這鐘上同樣的一聲的嗒，直接的打在你的焦急的心裏，給你一種模糊的隱痛——祖母還是照樣的眠着，右手的脈自從起病以來已是極微僅有的，但不能動彈的卻反是有脈的左側，右手還不時在揮扇，但她的呼吸還是一例的平勻，面容雖不免瘦削，光澤依然不減，並沒有顯著的衰象，所以我們在旁邊看她的，差不多每分鐘盼望她從這長期的睡眠中醒來，打一個哈欠，就開眼見人，開口說話——果然她醒了過來，我們也不會覺得離奇，像是原來應當似的。但這究竟是我們親人絕望中的盼望，實際上所有的醫生，中醫，西醫，針醫，都已一致的回絕，說這是「不治之症」，中醫說這脈象是憑證，西醫說腦殼裏血管破裂，雖則植物性機能——呼吸，消化——不曾停止，但言語中樞已經斷絕——此外更專門更玄學更科學的理論我也記不得了。所以暫時不變的原因，就在老太太本來的體元太好了，拳術家說的「一時不能散工」，並不是病有轉機的預兆。

　　我們自己人也何嘗不明白這是個絕症；但我們卻總不忍自認是絕望：這「不忍」便是人情。我有時在病榻前，在淒悒的靜默中，發生了重大的疑問。科學家說人的意識與靈感，只是神經系是最高的作用，這複雜，微妙的機械，只要部分有了損傷或是停頓，全體的動作便發生相當的影響，如其最重要的部分受了擾亂，他不是變成反常的瘋癲，便是完全的失去意識。照這一說，體即是用，離了體即沒有用；靈魂是宗教家的大謊，人的身體一死什麼都完了。這

是最乾脆不過的説法，我們活着時有這樣有那樣已經盡夠麻煩，盡
夠受，誰還有興致，誰還願意到墳墓的那一邊再去發生關係，地獄
也許是黑暗的，天堂是光明的，但光明與黑暗的區別無非是人類專
擅的假定，我們只要擺脱這皮囊，還我清靜，我就不願意頭戴一個
黃色的空圈子，合着手掌跪在雲端裏受罪！

　　但這頗舒服的想像，不幸只是五十年前科舉的武斷，不要説哈
姆雷特怕上當，我就不敢這樣樂觀！

　　再回到事實上來，我的祖母──一位神智最清明的老太太──
究竟在哪裏？我既然不能斷定因為神經部分的震裂她的靈感性便永
遠的消滅，但同時她又分明的失卻了表情的能力，我只能設想她人
格的自覺性，也許比平時消淡了不少，依舊是在着，像在夢魘裏將
醒未醒時似的；明知她的兒女孫曾不住的叫喚她醒來，明知她即使
要永別也總還有多少的囑咐，但是可憐她的眼球再不能反映外界的
印象，她的聲帶與口舌再不能表達她內遏的情意，隔着這脆弱的肉
體的關係，她的性靈再不能與她最親的骨肉自由的交通──也許她
也在整天整夜的伴着我們焦急，伴着我們傷心，伴着我們出淚，這
才是可憐，這才真叫人悲感哩！

十

　　到了八月二十七那天，離她起病的第十一天，醫生吩咐脈象
大大的變了，叫我們當心，這十一天內每天她只嚥入很困難的幾滴
稀薄的米湯，現在她的面上的光澤也不如早幾天了，她的目眶更陷
落了，她的口部的筋肉也更寬弛了，她右手的動作也減少了，即使

拿起了扇子也不再能很自然的扇動了——她的大限的確已經到了。但是到晚飯後，反是沒有什麼顯像。同時一家人着了忙，準備壽衣的，準備冥銀的，準備香燭等等的。我從裏走出外，又從外走進裏，只見匆忙的腳步與嚴肅的面容。這時病人的大動脈已經微細的不可辨，雖則呼吸還不至怎樣的急促。這時一門的骨肉已經齊集在病房裏，等候那不可避免的時刻。到了十時光景，我和我的父親正坐在房的那一頭一張床上，忽然聽得一個哭叫的聲音説——「大家快來看呀，老太太的眼睛張大了！」這尖鋭的喊聲，彷彿是一大桶的冰水澆在我的身上，我所有的毛一齊豎了起來，我們踉蹌的奔到了床前，擠進了人叢。果然，老太太的眼睛張大了，張得很大了！這是我一生從不曾見過，也是我一輩子忘不了的眼見的神奇。（恕罪我的描寫！）不但是兩眼，面容也是絕對的神變了（Transfigured）；她原來皺縮的面上，發出一種鮮潤的彩澤，彷彿半瘀的血脈，又一度充滿了生命的精液，她的口，她的兩頰，也都回復了異樣的豐潤；同時她的呼吸漸漸的上升，急進的短促，現在已經幾乎脱離了氣管，只在鼻孔裏脆響的呼出了。但是最神奇不過的是一隻眼睛！她的瞳孔早已失去了收斂性，呆頓的放大了。但是最後那幾秒鐘！不但眼眶是充分的張開了，不但黑白分明，瞳孔鋭利的緊斂了，並且放射着一種不可形容，不可信的輝光，我只能稱它為「生命最集中的靈光」！這時候床前只是一片的哭聲，子媳喚着娘，孫子呼着祖母，婢僕爭喊着老太太，幾個稚齡的曾孫，也跟着狂叫太太……但老太太最後的開眼，彷彿是與她親愛的骨肉，作無言的訣別，我們都在號泣的送終，她也安慰了，她放心的去了。在幾秒時內，死的黑影已經移上了老人的面部，遏滅了生命的異

彩，她最後的呼氣，正似水泡破裂，電光杳滅，菩提的一響，生命出家，什麼都止息了。

十一

我滿心充塞了死象的神奇，同時又須顧管我有病的母親，她那時出性的號啕，在地板上滾着，我自己反而哭不出來；我自己也覺得奇怪，眼看着一家長幼的涕淚滂沱，耳聽着狂沸時的呼搶號叫，我不但不發生同情的反應，卻反而達到了一個超情感的，靜定的，幽妙的意境，我想像的看見祖母脫離了軀殼與人間，穿着雪白的長袍，冉冉的上升天去，我只想默默的跪在塵埃，讚美她一生的功德，讚美她最後的圓寂。這是我的設想；我們內地人卻沒有這樣純粹的宗教思想；他們的假定是不論死的是高年厚德的老人或是無知無愆的幼孩，或是罪大惡極的兇人，臨到彌留的時刻總是一例的有無常鬼，摸壁鬼，牛頭馬面，赤髮獠牙的陰差等等到門，拿着鐐鏈枷鎖，來捉拿陰魂到案。所以燒紙帛是平他們的暴戾，最後的呼搶是沒奈何的訣別。這也許是大部分臨死時實在的情景，但我們卻不能概定所有的靈魂都不免遭受這樣的凌辱。譬如我們的祖老太太的死，我能想像她是登天，只能想像她慈祥的神化——像那樣鼎沸的號啕，固然是至性不能自禁，但我總以為不如匍伏隱泣或禱默，較為顯情，較為合理。

理智發達了，感情便失去了自然的濃摯；厭世主義的看來，眼淚與笑聲一樣是空虛的，無意義的。但厭世主義姑且不論，我卻不相信理智的發達，會得妨礙天然的情感；如其教育具有效力，我以

為效力就在剝削了不合理性的「感情作用」，但決不會有損真純的感情；他眼淚也許比一般人流得少些，但他等到流淚的時候，他的淚才是應流的淚。我也是知識愈開流淚愈少的一個人，但這一次卻也真的哭了好幾次。一次是伴我的姑母哭的，她為產後不曾復元，所以祖母的病一直瞞着她，一直到了祖母故後的早上方才通知她。她扶病來了，她還不曾下轎，我已經聽出她在啜泣，我一時感覺一陣的悲傷，等到她出轎放聲時，我也在房中歔欷不住。又一次是伴祖母當年的贈嫁婢哭的。她比祖母小十一歲，今年七十三歲，亦已是個白髮的婆子，她也來哭她的「小姐」，她是見着我祖母的花燭的唯一個人，她的一哭，我也哭了。

再有是伴我的父親哭的。我總是覺得一個身體偉大的人，他動情感的時候，動人的力量也比平常人偉大些。我見了我父親哭泣，我就忍不住要伴着淌淚。但是感動我最強烈的幾次，是他一人倒在床裏，反覆的啜泣着，叫着媽，像一個小孩似的，我就感到最熱烈的傷感，在他偉大的心胸裏浪濤似的起伏，我就感到母子的感情的確是一切感情的起源與總結，等到一失慈愛的蔭蔽，彷彿一生的事業頓時莫有了根底，所有的歡樂都不能填平這唯一的缺陷；所以他這一哭，我也真哭了。

但是我的祖母果真是死了嗎？她的軀體是的，但她是不死的。詩人勃蘭恩德（Bryant）：

> So live, that when thy summons comes to join
> The innumerable caravan, which moves
> To that mysterious realm, where each one takes
> His chamber in the silent halls of death,

Then go not, like the quarry-slave at night,

Scourged to his dungeon, but sustained and soothed

By an unfaltering truth, approach thy grave,

Like one that wraps the drapery of his couch

About him, and lies down to pleasant dreams.

如果我們的生前是盡責任的，是無愧的，我們就會安坦的走近我們的墳墓，我們的靈魂裏不會有慚愧或悔恨的齒痕。人生自生至死，如勃蘭恩德的比喻，真是大隊的旅客在不盡的沙漠中進行，只要良心有個安頓，到夜裏你卧倒在帳幕裏也就不怕噩夢來纏繞。

我的祖母，在那舊式的環境內，到我們家來五十九年，真像是做了長期的苦工，她何嘗有一日的安閒，不必說子女的嫁娶，就是一家的柴米油鹽，掃地抹桌，哪一件事不在八十歲老人早晚的心上。我的伯父快近六十歲了，但他的起居飲食，還差不多完全是祖母經營的，初出世的曾孫如其有些身熱咳嗽，老太太晚上就睡不安穩；她愛我寵我的深情，更不是文字所能描寫；她那深厚的慈蔭，真是無所不包，無所不蔽。但她的身心即使勞碎了一生，她的報酬卻在靈魂無上的平安；她的安慰就在她的兒女孫曾，只要我們能夠步她的前例，各盡天定的責任，她在冥冥中也就永遠的微笑了。

（本文作於 1923 年 11 月 24 日，
後單篇發表於《晨報五周年紀念增刊》，收《自剖》集）

背影

朱自清

　　我與父親不相見已二年餘了，我最不能忘記的是他的背影。那年冬天，祖母死了，父親的差使也交卸了，正是禍不單行的日子，我從北京到徐州，打算跟着父親奔喪回家。到徐州見着父親，看見滿院狼藉的東西，又想起祖母，不禁簌簌地流下眼淚。父親說，「事已如此，不必難過，好在天無絕人之路！」

　　回家變賣典質，父親還了虧空；又借錢辦了喪事。這些日子，家中光景很是慘淡，一半為了喪事，一半為了父親賦閒。喪事完畢，父親要到南京謀事，我也要回北京唸書，我們便同行。

　　到南京時，有朋友約去遊逛，勾留了一日；第二日上午便須渡江到浦口，下午上車北去。父親因為事忙，本已說定不送我，叫旅館裏一個熟識的茶房陪我同去。他再三囑咐茶房，甚是仔細。但他終於不放心，怕茶房不妥帖；頗躊躇了一會。其實我那年已二十歲，北京已來往過兩三次，是沒有什麼要緊的了。他躊躇了一會，終於決定還是自己送我去。我兩三回勸他不必去；他只說，「不要緊，他們去不好！」

　　我們過了江，進了車站。我買票，他忙着照看行李。行李太多了，得向腳夫行些小費，才可過去。他便又忙着和他們講價錢。我那時真是聰明過分，總覺他說話不大漂亮，非自己插嘴不可。但他

終於講定了價錢；就送我上車。他給我揀定了靠車門的一張椅子；我將他給我做的紫毛大衣鋪好坐位。他囑我路上小心，夜裏要警醒些，不要受涼。又囑託茶房好好照應我。我心裏暗笑他的迂；他們只認得錢，託他們直是白託！而且我這樣大年紀的人，難道還不能料理自己麼？唉，我現在想想，那時真是太聰明了！

我說道，「爸爸，你走吧。」他望車外看了看，說，「我買幾個橘子去。你就在此地，不要走動。」我看那邊月台的 欄外有幾個賣東西的等着顧客。走到那邊月台，須穿過鐵道，須跳下去又爬上去。父親是一個胖子，走過去自然要費事些。我本來要去的，他不肯，只好讓他去。我看見他戴着黑布小帽，穿着黑布大馬褂，深青布棉袍，蹣跚地走到鐵道邊，慢慢探身下去，尚不大難。可是他穿過鐵道，要爬上那邊月台，就不容易了。他用兩手攀着上面，兩腳再向上縮；他肥胖的身子向左微傾，顯出努力的樣子。這時我看見他的背影，我的淚很快地流下來了。我趕緊拭乾了淚，怕他看見，也怕別人看見。我再向外看時，他已抱了朱紅的橘子望回走了。過鐵道時，他先將橘子散放在地上，自己慢慢爬下，再抱起橘子走。到這邊時，我趕緊去攙他。他和我走到車上，將橘子一股腦兒放在我的皮大衣上。於是撲撲衣上的泥土，心裏很輕鬆似的，過一會說，「我走了；到那邊來信！」我望着他走出去。他走了幾步，回過頭看見我，說，「進去吧，裏邊沒人。」等他的背影混入來來往往的人裏，再找不着了，我便進來坐下，我的眼淚又來了。

近幾年來，父親和我都是東奔西走，家中光景是一日不如一日。他少年出外謀生，獨力支持，做了許多大事。那知老境卻如此頹唐！他觸目傷懷，自然情不能自已。情鬱於中，自然要發之於

外；家庭瑣屑便往往觸他之怒。他待我漸漸不同往日。但最近兩年的不見，他終於忘卻我的不好，只是惦記着我，惦記着我的兒子。我北來後，他寫了一信給我，信中說道，「我身體平安，唯膀子疼痛利害，舉箸提筆，諸多不便，大約大去之期不遠矣。」我讀到此處，在晶瑩的淚光中，又看見那肥胖的，青布棉袍，黑布馬褂的背影。唉！我不知何時再能與他相見！

一九二五年十月在北京

（選自《朱自清全集》，南京：江蘇教育出版社，1988 年）

崇高的母性

黎烈文

　　辛辛苦苦在外國唸了幾年書回來，正想做點事情的時候，卻忽然莫名其妙地病了，妻心裏的懊惱，抑鬱，真是難以言傳的。

　　睡了將近一個月，妻自己和我都不曾想到那是有了小孩。我們完全沒有料到他會來得那麼迅速。

　　最初從醫生口中聽到這消息時，我可真的有點慌急了，這正像自己的陣勢還沒有擺好，敵人就已跑來挑戰一樣。可是回過頭去看妻時，她正在窺伺着我的臉色，彼此的眼光一碰到，她便紅着臉把頭轉過一邊，但就在這閃電似的一瞥中，我已看到她是不單沒有一點怨恨，還簡直顯露出喜悦。

　　「啊，她倒高興有小孩呢！」我心裏這樣想，感覺着幾分詫異。

　　從此，妻就安心地調養着，一句怨話也沒有；還恐怕我不歡迎孩子，時常拿話安慰我：

　　「一個小孩是沒有關係的，以後斷不再生了。」

　　妻是向來愛潔的，這以後就洗浴得更勤；起居一切都格外謹慎，每天還規定了時間散步。一句話，她是從來不曾這樣注重過自己的身體。她雖不說，但我卻知道，即使一飲一食，一舉一動，她都顧慮着腹內的小孩。

肚子一天天大起來，她所有的洋服都小了，從前那樣愛美的她，現在卻穿着一點樣子也沒有的寬大的中國衣裳，在霞飛路那樣熱鬧的街道上悠然地走着，一點也不感覺着侷促。

　　有些生過小孩的女人，勸她用帶子在肚上勒一勒，免得孩子長得太大，將來難於生產，但她卻固執地不肯，她寧願冒着自己的生命的危險，也不願妨害那沒有出世的小東西的發育。

　　妻從小就失去了怙恃，我呢，雖然父母全在，但卻遠遠地隔着萬重山水。因此，凡是小孩生下時需用的一切，全得由兩個沒有經驗的青年去預備。我那時正在一個外國通訊社做記者，整天忙碌着，很少功夫管到家裏的事情，於是妻便請教着那些做過母親的女人，悄悄地預備這樣，預備那樣。還怕裁縫做的小衣給初生的嬰兒穿着不舒服，竟買了一些軟和的料子，自己別出心裁地縫製起來。小帽小鞋等件，不用說都是她一手做出的。看着她那樣熱心地，愉快地做着這些瑣事，任何人都不會相信這是一個在外國大學受過教育的女子。

　　醫院是在分娩前四五個月就已定好了，我們恐怕私人醫院不可靠，這是一個很大的公立醫院。這醫院的產科主任是一個和善的美國女人。因為妻能説流暢的英語，每次到醫院去看時，總是由主任親自診察，而又診察得那麼仔細！這美國女人並且答應將來妻去生產時，由她親自收生。

　　因此，每次由醫院回來，妻便顯得更加寬慰，更加高興。她是一心一意在等着做母親。有時孩子在肚內動得太厲害，我聽到妻説難過，不免皺着眉説：

「怎麼還沒生下地就吵得這樣兒！」

妻卻立刻忘了自己的痛苦，帶着慈母偏護劣子的神情，回答我道：

「像你囉！」

臨盆的時期終於伴着嚴冬迫來了。我這時卻因為退出了外國通訊社，接編了一個報紙的副刊，忙得格外兒。

現在我還分明地記得：十二月二十五那晚，十二點過後，我由報館回家時，妻正在燈下焦急地等待着我。一見面她便告訴我小孩怕要出生了，因為她這天下午身上有了血跡。她自己和小孩的東西，都已收拾在一隻大皮箱裏。她是在等我回來商量要不要上醫院。

雖是臨到了那樣性命交關的時候，她卻鎮定而又勇敢，說話依舊那麼從容，臉上依舊浮着那麼可愛的微笑。

一點做父親的經驗也沒有的我，自然覺得把她送到醫院裏妥當些。於是立刻僱了汽車，陪她到了預定的醫院。

可是過了一晚，妻還一點動靜都沒有，而我在報館的職務是沒人替代的，只好叫女僕在醫院裏陪伴着她，自己帶着一顆惶憂不寧的心，照舊上報館工作。臨走時，妻拿着我的手説：

「真不知道會要生下一個什麼樣子的小孩呢！」

妻是最愛漂亮的，我知道她在擔心生下一個醜孩子，引得我不喜歡。我笑着回答：

「只要你平安，隨便生下一個什麼樣子的小孩，我都喜歡的。」

她聽了這話，用了充滿謝意的眼睛凝視着我，拿法國話對我說道：

——Oh! merci! tu es bien bon!（啊！謝謝你！你真好！）

在醫院裏足足住了兩天兩晚，小孩還沒生，妻是簡直等得不耐煩了。直到二十八日清早，我到醫院時，看護婦才笑嘻嘻地迎着告訴我：小孩已經在夜裏十一點鐘生下了，一個男孩子，大小都平安。

我高興極了，連忙奔到妻所住的病房一看，她正熟睡着，作伴的女僕在一旁打盹。只一夜功夫，妻的眼眶已凹進了好多，臉色也非常憔悴，一見便知道經過一番很大的掙扎。

不一會，妻便醒來了，睜開眼，看見我立在床前，便流露一個那樣悽苦而又得意的微笑，彷彿在對我說：「我已經越過了死線，我已經做着母親了！」

我含着感激的眼淚，吻着她的額髮時，她就低低地問我道：

「看到了小東西沒有？」

我正要跑往嬰兒室去看，主任醫師和她的助手——一位中國女醫士，已經捧着小孩進來了。

雖然妻的身體那樣弱，嬰孩倒是頗大的，圓圓的臉盤，兩眼的距離相當闊，樣子全像妻。

據醫生說，發作之後三個多鐘頭，小孩就下了地，並沒動手術，頭胎能夠這樣要算是頂好的。

助產的中國女士還笑着告訴我：

「真有趣！小孩剛剛出來，她自己還在痛得發暈的當兒，便急着問我們五官生得怎樣！」

妻要求醫生把小孩放在她被裏睡一睡。她勉強側起身子，瞧着這剛從自己身上出來的，因為怕亮在不息地閃着眼睛的小東西，她完全忘掉了晚來——不，十個月以來的一切苦楚。從那浮現在一張稍稍清瘦的臉上的甜蜜的笑容，我感到她是從來不曾那樣開心過。

待到醫生退出之後，妻便談着小孩什麼什麼地方像我。我明白她是希望我能和她一樣愛這小孩的。——她不懂得小孩愈像她，我便愛得愈切！

產後，妻的身體一天好一天。從第三天起，醫生便叫看護婦每天把小孩抱來吃兩回奶，說這樣對於產婦和嬰孩都很有利的。瞧着妻靦腆而又不熟練地，但卻異常耐心地，睡在床上哺着那因為不能暢意吮吸，時而呱呱地哭叫起來的嬰兒的乳，我覺得那是人類最美的圖畫。我和妻都非常快樂。因着這小東西的到來，我們那寂寞的小家庭，以後將充滿生氣。我相信只要有着這小孩，妻以後任何事情都不會想做的。以前留學時的豪情壯志，已經完全被這種偉大的母愛驅走了。

然而從第五天起，妻卻忽然發熱起來。產後發熱原是最危險的事，但那時我和妻都一點不明白，我們是那樣信賴醫院和醫生，我們絕料不到會出毛病的。直到發熱的第六天，方才知道病人再不能留在那樣庸劣的醫生手裏，非搬出醫院另想辦法不可。

從發熱以來，妻便沒有再餵小孩的奶，讓他睡在嬰兒室裏吃着牛乳。嬰兒室和妻所住的病房相隔不過幾間房子，那裏面一排排幾

十隻搖籃，睡着全院所有的嬰孩。就在妻出院的前一小時，大概是上午八點鐘罷，我正和女僕在清着東西，雖然熱度很高，但神志仍舊非常清楚的妻，忽然帶着驚恐的臉色，從枕上側耳傾聽着，隨後用了沒有氣力的聲音對我說道：

「我聽到那小東西在哭呢，去看看他怎麼弄的啦！」

我留神一下，果然聽着遙遠的孩子的啼聲。跑到嬰兒室一看，門微開着，裏面一個看護婦也沒有，所有的搖籃都是空的，就只剩下一個嬰孩在狂哭着，這正是我們的孩子。因為這時恰是吃奶的時間，看護婦把所有的孩子一個一個地送到各人的母親身邊吃奶去了，而我們的孩子是吃牛乳的，看護婦要等別的孩子吃飽了，抱回來之後，才肯餵他。

看到這最早便受到人類的不平的待遇，滿臉通紅，沒命地哭着的自己的孩子，再想到那在危篤中的母親的銳敏的聽覺，我的心是碎了的。然而有什麼辦法呢？我先得努力救那垂危的母親。我只好欺騙妻說那是別人的一個生病的孩子在哭着。我狠心地把自己的孩子留在那些像虎狼一般殘忍的看護婦的手中，用病院的救護車把妻搬回了家裏。

雖然請了好幾個名醫診治，但妻的病勢是愈加沉重了。大部分時間昏睡着，稍許清楚的時候，便記掛着孩子。我自己也知道孩子留在醫院裏非常危險，但家裏沒有人照料，要接回也是不可能的，真不知要怎麼辦。後來幸而有一個相熟的太太，答應暫時替我們養一養。

孩子是在妻回家後第三天接出醫院的，因為餓得太兇，哭得太多的緣故，已經瘦得不成樣子，兩眼也不靈活了，連哭的氣力都沒有了，只會乾嘶着。並且下身和兩腿生滿了濕瘡。

　　病得那樣厲害的妻，把兩顆深陷的眼睛睜得大大的，將抱近病床的孩子凝視了好一會，隨後緩緩地説道：

　　「這不是我的孩子啊！……醫院裏把我的孩子換了啊！……我的孩子不是這副呆相啊！……」

　　我確信孩子並沒有換掉，不過被醫院裏糟蹋到這樣子罷了。可是無論怎樣解釋，妻是不肯相信的。她發熱得太厲害，這時連悲哀的感覺也失掉了，只是冷冷地否認着。

　　因為在醫院裏起病的六天內，完全沒有受到適當的醫治，妻的病是無可救藥了，所有請去的醫生都搖頭着，打針服藥，全只是盡人事。

　　在四十一二度的高熱下，妻什麼都糊塗了，但卻知道她已有一個孩子；她什麼人都忘記了，但卻沒有忘記她的初生的愛兒。她作着囈語時，旁的什麼都不説，就只喃喃地叫着：「阿囝！囝囝！弟弟！」大概因為她自己嘴裏乾得難過罷，她便連想到她的孩子也許口渴了，她有聲沒氣地，反覆地説着：

　　「囝囝嘴乾啦！叫娘姨餵點牛奶給他吃罷！……弟弟口渴啦！叫娘姨倒點開水給他吃罷！」

　　妻是從來不曾有過叫喊「囝囝」「弟弟」「阿囝」那樣的經驗的，我自己也從來不曾聽到她説出這類名字，可是現在她卻這樣熟

稔地，自然地唸着這些對於小孩的親愛的稱呼，就像已經做過幾十年的母親一樣。——不，世間再沒有第二個母親會把這類名稱唸得像她那樣溫柔動人的！

　　不可避免的瞬間終於到來了！一月十四日早上，妻在我的臂上斷了呼吸。然而呼吸斷了以後，她的兩眼還是茫然地睜開着。直待我輕輕地吻着她的眼皮，在她的耳邊說了許多安慰的話，叫她放心着，不要記掛孩子，我一定盡力把他養大，她方才瞑目逝去。

　　可是過了一會，我忽然發現她的眼角上每一面掛着一顆很大的晶瑩的淚珠。我在殯儀館的人到來之前，悄悄地把它們拭去了。我知道妻這兩顆眼淚也是為了她的「阿囝」「弟弟」流下的！

（選自《作家》1卷第1號，1936年4月）

芭蕉花

郭沫若

　　這是我五六歲時的事情了。我現在想起了我的母親，突然記起了這段故事。

　　我的母親六十六年前是生在貴州省黃平州的。我的外祖父杜琢章公是當時黃平州的州官。到任不久，便遇到苗民起事，致使城池失守，外祖父手刃了四歲的四姨，在公堂上自盡了。外祖母和七歲的三姨跳進州署的池子裏殉了節，所用的男工女婢也大都殉難了。我們的母親那時才滿一歲，劉奶媽把我們的母親背着已經跳進了池子，但又逃了出來。在途中遇着過兩次匪難，第一次被劫去了金銀首飾，第二次被劫去了身上的衣服。忠義的劉奶媽在農人家裏討了些稻草來遮身，仍然背着母親逃難。逃到後來遇着赴援的官軍才得了解救。最初流到貴州省城，其次又流到雲南省城，倚人廬下，受了種種的虐待，但是忠義的劉奶媽始終是保護着我們的母親。直到母親滿了四歲，大舅赴黃平收屍，便道往雲南，才把母親和劉奶媽帶回了四川。

　　母親在幼年時分是遭受過這樣不幸的人。

　　母親在十五歲的時候到了我們家裏來，我們現存的兄弟姊妹共有八人，聽說還死了一兄三姐。那時候我們的家道寒微，一切炊洗灑掃要和妯娌分擔，母親又多子息，更受了不少的累贅。

白日裏家務奔忙，到晚來背着弟弟在菜油燈下洗尿布的光景，我在小時還親眼見過，我至今也還記得。

　　母親因為這樣過於勞苦的原故，身子是異常衰弱的，每年交秋的時候總要暈倒一回，在舊時稱為「暈病」，但在現在想來，這怕是在產褥中，因為攝養不良的關係所生出的子宮病罷。

　　暈病發了的時候，母親倒睡在床上，終日只是呻吟嘔吐，飯不消說是不能吃的，有時候連茶也幾乎不能進口。像這樣要經過兩個禮拜的光景，又才漸漸回復起來，完全是害了一場大病一樣。

　　芭蕉花的故事是和這暈病關連着的。

　　在我們四川的鄉下，相傳這芭蕉花是治暈病的良藥。母親發了病時，我們便要四處託人去購買芭蕉花。但這芭蕉花是不容易購買的。因為芭蕉在我們四川很不容易開花，開了花時鄉里人都視為祥瑞，不肯輕易摘賣。好容易買得了一朵芭蕉花了，在我們小的時候，要管兩隻肥雞的價錢呢。

　　芭蕉花買來了，但是花瓣是沒有用的，可用的只是瓣裏的蕉子。蕉子在已經形成了果實的時候也是沒有用的，中用的只是蕉子幾乎還是雌蕊的階段。一朵花上實在是採不出許多的這樣的蕉子來。

　　這樣的蕉子是一點也不好吃的，我們吃過香蕉的人，如以為吃那蕉子怕會和吃香蕉一樣，那是大錯而特錯了。有一回母親吃蕉子的時候，在床邊上挾了一箸給我，簡直是澀得不能入口。

　　芭蕉花的故事便是和我母親的暈病關連着的。

我們四川人大約是外省人居多，在張獻忠剿了四川以後——四川人有句話說：「張獻忠剿四川，殺得雞犬不留」——在清初時期好像有過一個很大的移民運動。外省籍的四川人各有各的會館，便是極小的鄉鎮也都是有的。

　　我們的祖宗原是福建的人，在汀州府的寧化縣，聽說還有我們的同族住在那裏。我們的祖宗正是在清初時分入了四川的，卜居在峨眉山下一個小小的村裏。我們福建人的會館是天后宮，供的是一位女神叫做「天后聖母」。這天后宮在我們村裏也有一座。

　　那是我五六歲時候的事了。我們的母親又發了暈病。我同我的二哥，他比我要大四歲，同到天后宮去。那天后宮離我們家裏不過半里路光景，裏面有一座散館，是福建人子弟讀書的地方。我們去的時候散館已經放了假，大概是中秋前後了。我們隔着窗看見散館園內的一簇芭蕉，其中有一株剛好開着一朵大黃花，就像尖瓣的蓮花一樣。我們是歡喜極了。那時候我們家裏正在找芭蕉花，但在四處都找不出。我們商量着便翻過窗去摘取那朵芭蕉花。窗子也不過三四尺高的光景，但我那時還不能翻過，是我二哥擎我過去的。我們兩人好容易把花苞摘了下來，二哥怕人看見，把來藏在衣袂下同路回去。回到家裏了，二哥叫我把花苞拿去獻給母親。我捧着跑到母親的床前，母親問我是從什麼地方拿來的，我便直說是在天后宮掏來的。我母親聽了便大大地生氣，她立地叫我們跪在床前，只是連連嘆氣地說：「啊，娘生下了你們這樣不爭氣的孩子，為娘的倒不如病死的好了！」我們都哭了，但我也不知為什麼事情要哭。不一會父親曉得了，他又把我們拉去跪在大堂上的祖宗面前打了我們一陣。我挨掌心是這一回才開始的，我至今也還記得。

我們一面挨打，一面傷心。但我不知道為什麼該討我父親、母親的氣。母親病了要吃芭蕉花，在別處園子裏掏了一朵回來，為什麼就犯了這樣大的過錯呢？

芭蕉花沒有用，抱去奉還了天后聖母，大約是在聖母的神座前乾掉了罷？

這樣的一段故事，我現在一想到母親，無端地便湧上了心來。我現在離家已十二三年，值此新秋，又是風雨飄搖的深夜，天涯羈客不勝落寞的情懷，思念着母親，我一陣陣鼻酸眼脹。

啊，母親，我慈愛的母親喲！你兒子已經到了中年，在海外已自娶妻生子了。幼年時摘取芭蕉花的故事，為什麼使我父親、母親那樣的傷心，我現在是早已知道了。但是，我正因為知道了，竟失掉了我摘取芭蕉花的自信和勇氣。這難道是進步嗎？

（選自《沫若文集》7 卷，北京：人民文學出版社，1958 年）

怎樣做母親

聶紺弩

只看見怎樣做父親的文章，卻沒有人寫怎樣做母親，好像母親本來天生會做，毫無問題似的。其然，豈其然乎？蓋男性以其事不幹己，新女性又恐怕早薄良母而不為，女孩子之流，則尤病其羞人答答，於是談者稀耳。

然而問題是存在的。

我的母親於不知什麼時候死去了。說幾句與題無涉的話，她的死，是與抗戰有關的。故鄉淪陷，老人們天天要爬山越谷，躲避日本鬼子，衣食住一切問題都無法解決；六七十歲，向來就叫做風燭殘年，燭本將盡，風又太猛，飄颻了幾下，終於滅了。

我聽見了這消息，奇怪不，沒有哭，並且沒有想哭，簡直像聽隔壁三家的事情似的。這很不對，但我本來就不是孝子。其實這淡漠，早在母親的意料之中，她曾對我說：「將來你長大了，一定什麼好處都不記得，只記得打你的事情。」知子莫若母，誠哉！

十年前，我已二十多歲，正在南京做官。人做了官，就要坐辦公廳，開會，赴宴會的。有一回在一個很儼乎其然的會議上，偷看一本小孩子看的書，記得是中華書局出版，黎錦輝之流所著，書名彷彿是《十姊妹》什麼的。那會議也是與抗戰有關的，一位先生站起來演說了半天，說得十分激昂，末了說，我們的國運實在是很怎

麼的，座中已經有人在流淚了。他指的是我，全場的人也都向我回過臉兒來，嚇得我連忙收起了《十姊妹》，原來我看書看得不覺流出淚來了。

《十姊妹》之類，並不算好的兒童讀物，也決不能感動那時候的我。但是文字寫得很有趣，很有些孩子話，使我想到，這書，本是應該在小時候看的，而我小時候沒有看見。於是又想到我的小時候，那是如何的一截黑暗的生活喲！大概就這樣想着想着，不覺竟流淚了。

其實所謂「黑暗」，也沒有別的，不過常常挨打而已。打手常常是我的母親——說常常者，是說打我的人除了母親之外，還有父親和我的親愛的老師們也。

中國許多婦女的日常生活，簡直單純得像沙漠上的景物，一生一世，永久只有那樣幾件事做來做去。有幾位朋友的太太，幾乎天天打牌，幾乎像是為打牌而生。然而也難怪，不打牌也沒有別的事可作，她們也似乎作不出比打牌更好的事。我本來覺得她們太無出息，這樣一想，卻反而同情她們了。

我的母親也是打牌黨之一。她一拿起牌，就不能再惹她；一惹，她就頭也不回，反手一耳光。輸了錢，自然正好出氣；奇怪的是，就是贏了也是這樣。據說，一吵，就會輸下去的。不幸的是，她幾乎天天打牌。然而打牌也有打牌的好處，就是打牌時，她沒有工夫管我。凡事，只要她來一管，我就不免有些糟糕的。父親先是常常不在家，後來是死掉了，別人隔得遠，屋裏除了她和我，就只有丫頭老媽之流，沒有說話的資格，也根本說不出什麼話。這場合，無論她要把我怎樣，你想，我有什麼辦法呢？

有一次我大概還只有六七歲，一天中午，正獨自在廳屋裏玩——我小時候常常獨自玩的，忽然聽見母親在堂屋裏喊我。我雖然小，但一聽母親的聲音，就會知道她的喜怒，我覺得這回的聲音是含着無限的撫愛的，好像急迫地需要抱我，親我，吻我的樣子。我從來未受過撫愛，從來未聽過這樣撫愛的聲音，至少我的記憶如此。孔子曰：「唯女子與小人為難養也，近之則不遜，遠之則怨。」我大概是天生的小人，小人得寵，就難免驕矜，難免不遜，正所謂得意忘形的。當時不知怎麼一想，竟和母親躲起迷藏來了。我躲在廂房的門角落裏，任母親怎麼喊也不答應。母親接着喊，甚至連乖乖寶貝都喊出來了。聲音是那樣柔軟，那樣溫和，彷彿現在還在我的耳邊，是我在童年所聽到的唯一的撫愛的聲音。愈是這樣，我就以為她要跟我玩兒，我也愈要逗她玩兒，愈是躲着不做聲。聲音漸漸近了，從堂屋喊到廳屋，打廂房門口過的時候，還把頭伸進去探索了一回，可是沒有看見我在裏頭，我和她只隔一層薄木板呀。我竭力地忍住笑，不做聲，她就喊着喊着，到大門口去了。母親今天跟我玩兒，我高興極了；母親走在我身邊，卻沒有找着，多麼有趣呀，我高興極了。我實在掩藏不住我的歡喜，實在忍不住笑，就哈哈大笑地從門角裏跳出來，在母親的背後很遠的地方喊：

　　「我在這裏呀，哈哈，我在這裏呀！」

　　一面喊，一面還笑着跳着。可是，她扭轉身來，一看見她的臉，我就知道糟了，她的臉，完全被殺氣，不，應該説是「打氣」所充滿着。然而想再躲在門角落裏不做聲，已經不可能了！

　　她一轉來，就扯住我的耳朵，幾乎把我提着似地扯到堂屋裏，要我跪着，她自己則拿着雞毛帚。

「趕快説，你把錢偷到哪裏去了！」

原來她房裏桌上有一個，至多也不過兩個銅板不見了。我本沒有偷，只有説沒有偷。可是她不信，最大的理由是，沒有偷，為什麼躲起來呢？要是現在，我一定可以分辯清楚；但那時候，自己也不能理解為什麼要躲起來，尤其説不出為什麼要躲起來。我是在城裏長大的孩子，十多歲的時候，常常到衙門裏去看審案。我覺得坐在堂上的青天大老爺總是口若懸河，能説會道；跪在下面口稱「小的小的」的傢伙卻很少理直氣壯的時候。並非真沒有理由，不過不會説，説不出。有時候，恨不得跑出去替他説一番。我同情這樣的人，因為自己就飽有跪在母親面前，目瞪口呆的經驗。把話說回轉去，我既無法分辯，就只有聳起腦袋，脊梁和屁股挨打。母親也真是一個青天大老爺，她從來不含糊地打一頓了事，一定要打得「水落石出」。偷錢該打，不算；撒謊該打，也不算；一直打得我承認是我偷了，並且説是買什麼東西吃了，頭穿底落，這才罷休，不用説，這都是完全的謊話。

記得很清楚，從那次起，我知道了兩件事：一、錢是可以偷的，二、人是可以撒謊的。

在孩子們的記憶中，過年常常是印象最深刻的。過年，穿新衣服，吃好東西，提燈籠，放炮仗，拜年，得壓歲錢等等，和平常的生活是那樣不同，那樣合胃口，人要一年到頭都過年才好玩咧。差不多一進十月，就搬起指頭算，還有八十天，還有六十五天，還有二十四天……這樣地盼望年的到來。

過年，只有一樣事情不好，就是有許多禁忌。死不能説，鬼不能説，窮，病，背時，倒霉，和尚，道士，棺材，打官司，坐牢，

殺，砍，……也不能說，尤其是在「敬灶」，「出天方」的時候。已經在神櫃上貼着「百無禁忌」，「童言無忌」了，豈不好像可以隨便了麼？可是還是不能說。不能說，自然更不能做出任何類似，象徵那些字樣所表示的意義的事情，乃至多少有些損失，災害的事情，比如，打破碗，扯破衣服，跌破頭等等。而一個總的禁忌，就是惹大人生氣，撩大人的打罵。據說，臘月三十或者正月初一，如果撩大人打了，那就一年到頭都會挨打的，雖然那兩天吃了好東西，並不一年到頭都有好東西吃。

　　十歲或者十一歲的一個除夕，已經過了半夜去了。母親燒好了年飯，預備好了團年酒，躺在床上燒鴉片煙給父親吸。我呢，自然無事忙，一時跑到街上，看看通街的紅燈籠，紅春聯，熱心地欣賞那些「生意興隆通四海」之類的詞句；有時候又跑進屋裏和小丫頭講講故事，看各個房裏的燈火是不是燃着，平常，沒有人住的房裏是不點燈的，甚至於還敢於挨近母親正和父親橫躺着的床邊，聽他們談談下一年的生活打算之類。父親是個讀書人，他的那時代，大概是讀書人倒霉的時代，至少他自己就倒霉了一生：滿清時候沒有考到秀才，祖上傳下的一點產業，坐吃山空，只剩下一幢房子了——這房子一直留到抗戰後才被日本強盜炸光；很早就吸上一付煙癮，不能遠走高飛；在地方上做過幾回事，也都因為吸煙被人家告發而被撤職了。這時候，已經一連好幾年沒有職業，家景實在一天不如一天。母親平常就常常和他吵架的。在無可奈何的時候，就盼望着奇跡，盼望神靈或祖先的保佑，而把希望寄託在未來的日子裏。比如說，無災無病地戒掉煙癮，外面忽然有人請他出去做官，地方上的事忽然非他出來不行等等。這希望既然等於奇跡，要倚仗着不可知的力量，而又在未來的日子裏，所以父親雖然是個讀書

人，其迷信的程度，也就和略識之無的母親差不多，尤其是在過年的時候。

「××！」母親叫我，「你去到各個房裏上上油，添點燈草，把燈都點得亮亮地，菩薩保佑明年一年順順遂遂。要小心，不要把油潑了。」

我一手拿着清油壺，一手握着一把燈草，到每一間房裏小心翼翼地做好了所做的事，回來把油壺放在原來的地方，放好了，走了幾步還回頭去看了一回。

「油都上了吧？」母親問。

「上了！」

「沒有做壞麼？」

「沒有！」

「還好，」父親在旁邊說，「聽聲音蠻透徹的。」

但是到了天快亮了，父親的癮過足了，起來準備「敬神」的時候，母親到放油壺的地方一看，油壺卻躺在油灘裏！什麼原故呢，我到現在還不明白，大概不是小丫頭故意害我，就是老鼠先生和我過不去。母親是最講禁忌的，父親又希望這一夜有個好的兆頭，潑油本來又代表輸錢，虧本，損財這些意義的。這樣一來，以下的不必說，總之，正在別人家「出天方」，滿街的炮仗亂響的時候，母親為首，父親幫忙，把我撳在椅子上，打得像殺豬樣地叫。我的腿被打跛了，以致第二天還不能到親戚人家裏去拜年。

又是過年，可是不是除夕，大概是初三或者初五。我們過年是過半個月的。

伯父的靈屋子供在堂屋裏，他死了一年多，夜晚，父親不知從誰家裏吃了春酒回來，感覺得身上不舒服。父親常常身上不舒服的。母親說：

「××，你在你伯伯靈前燒燒香，磕幾個頭，叫伯伯保佑爹清吉平安。」

「我不！」我說。

「為什麼不呢？」母親和父親都很詫異。

我已經十一二歲了，高小一年級已讀過，年過完，就要進二年級。那時的高小，學生都很大，我在班上算是最小的，因之，某方面的程度，也比後來同級的學生要高。我在學校裏是高材生，這時候，已經知道人死了還有魂魄什麼的，不過是句謊話。因之，伯父的靈位也者，其實，不過是一張紙上寫的幾個字，決不會有什麼力量，能夠保佑父親的病好。就算伯父真有魂魄什麼的吧，那魂魄也不過和他活着的時候一樣；他活着的時候，既然不見有什麼了不得，為什麼一死，就神通廣大，能夠作威作福了呢？父親的病，明明是體質和保養的問題，決不是鬼神所能為力；如果死生有命，疾病在天，伯父縱然有靈，也未必能逆命回天；如果能逆命回天，伯父既然是愛父親的，那就不必燒香磕頭，也會保佑父親好。我還記得清清楚楚，那時候的確是這樣想的。

但是等「為什麼不呢？」問到頭上的時候，我卻無話可答。我還沒有把心裏想的東西原原本本，有頭有緒地說出來的能力。理由，向來只寫在文章上，口頭上沒有說過一回，在母親的積威之下，也沒有申述理由的習慣，雖然我相信，假如我能夠說出來，其

至於母親都會饒恕我的。我説不出，説出的簡直不成其為理由。我急了，爽性低着頭，撅着嘴，樣子大概很難看的。

「説呀，」父親説：「不説，就照媽説的做。」

我還是沒有説。心裏非常想説，卻被不知什麼東西堵住了口。我仍舊低着頭，撅着嘴，動也沒有動。

「你看你多沒有良心！」母親厲聲地説：「燒香磕頭，是你伯伯受了，被保佑病好的是你的爹，事情又這樣容易，你都不做，是什麼意思呢？還不趕快燒香，還要我動手請你麼？」

我聽了這話，為了受到威脅與冤屈，又明知一頓皮肉的痛楚馬上會來，簡直不覺掉下淚來了。我小時候性情很倔強，寧可挨一頓打，不願意做聲明了不做的事。結果不問可知，母親手上折斷了一根雞毛帚，我的背和屁股上添了許多青的紫的傷痕。父親沒有説話，也沒有幫忙。要幫忙則因為身體不濟，要勸阻卻又惱怒我沒有良心。

母親打我的時候，從來不啞打。一面打，一面一定罵：「砍頭的！」「殺腦殼的！」「充軍的！」「短陽壽的！」母親雖不能説是大家閨秀，卻也不出身於什麼低微的人家，不知為什麼知道那麼多的罵人的話。

其次，母親打我的時候，從來不許我的腳手動一下。她有一句術語，叫做：「動哪裏打哪裏。」兒子也很難餵的像綿羊，動一下，跳一下，一面固然是心裏受了許多冤屈，無可申訴，一面也只是一種簡單的生理的反映，但這卻多費了母親的許多力，也使父母的遺體多吃了許多苦。

母親在我做了官的時候還稱功說:「不打不成人,打了成官人,要不是我從前打你,你怎會有今天?」為了證明她的話之不正確,我有時真想自暴自棄一點才好。

　　有一齣戲叫做「甘露寺」,是劉備在東吳被相親的故事。某年,我也演過甘露寺裏的劉備那種角色,結果不大佳,據相親者觀察我是沒有受過家庭教育的。大概因為我不善周旋應對,對人傲慢少禮等等。我也實在沒有受過什麼家庭教育,也不知道中國有沒有家庭教育,至於身受的,簡單得很,就是母親的一根雞毛帚。我從小就很孤僻,不愛和人來往,在熱鬧場中過不慣。這是雞毛帚教育的結果。我小時候總以為別人都是有母親疼愛的孩子,他們不了解我的苦楚:我也不願意鑽進他們幸福者群的圈子裏去。縱然有時鑽進,快樂了一陣之後,接着是母親的充滿了「打氣」的臉和她手中的雞毛帚那實物,馬上就想到我和別人是如此的不同。「歡喜歡喜,討根棍子搬起」,這是一句俗話,意思是快樂之後會挨打,也就是樂極生悲。一回樂極生悲,兩回樂極生悲,久而久之,就像樂與悲有着必然的因果關係,為了避免悲,就看見樂也怕了。孩子們有一件很奇怪的事,一塊兒玩來玩去,不知怎麼一來,就會起衝突。在這樣場合,別人有一個最好的制服我的法子:「告訴你的媽媽去!」我幾乎現在聽見了這句話還怕,在消化不良夜晚,有時還作這樣的怪夢,不用提在當時給我心靈上的打擊。

　　雞毛帚教育的另一結果,是我無論對於什麼人都缺乏熱情,也缺乏對於熱情的感受力。早年,我對人生抱着強烈的悲觀,感得人與人之間,總是冷酷的,連母親對於兒子也只有一根雞毛帚,何況別人。許多朋友,起初都對我很好,大概因為我沒有同等的友誼回

答，終於疏遠了。許多朋友，在一塊兒的時候，未嘗不如兄如弟，甚至超過兄弟的感情，但分手之後，就幾乎把他們忘掉了。不但對於朋友，對於事業也是這樣。對人生既抱悲觀，對事業就當然也缺乏堅信與毅力，也就是缺乏一種熱情。我不知道小時的遭遇為什麼給人的影響這麼大，許多年來，曾作過種種的努力，想把我的缺點改過來；無如「少成若天性」，一直到現在，還是不能完全消除。

此外，雞毛帚教育的結果，是我的怯懦，畏縮，自我否定。從小我就覺得人生天地之間，不過是一個罪犯，隨時都會有懲戒落在頭上。中國的社會也真怪，書本上雖然有許多齊家治國平天下的大道理，說得天花亂墜；但實際上，家是靠母親的雞毛帚齊的，學校是靠老師的板子辦的。「國」或「天下」的治平，恐怕也靠着擴而充之的雞毛帚和板子。人生在這樣的社會裏頭，就會一天到晚，「如臨深淵，如履薄冰」；壞事或者真不敢做，好事也不免不敢擅動。這不敢作，怕雞毛帚；那不敢動，怕板子；終會有一天會自己問自己：「我究竟能作什麼呢？」孔子曰：「四十五十而無聞焉，斯亦不足畏也已。」我已經快四十歲了，東不成，西不就，實在「不足畏也已」。曾經有過許多事業的機會，都由於我的孤僻，無助，怯懦而失掉了。自己無出息不在話下，不也有許多是母親的雞毛帚的功勞麼？

喜歡打孩子的，決不僅我的母親一個。我之所以想起寫這篇文章，也就是因為隔壁有一個常常打孩子的母親。在街上走的時候，類似母親的人物，拿起一根雞毛帚什麼的，打着正在鬼哭神嚎的孩子的事也常碰到。我有一個牢不可拔的偏見：無論為了什麼，打孩子，總是不應該的，而錯誤總是在大人一邊。

我不是教育家，也不是心理學家，不知道所謂家庭教育，究竟應該是些什麼；我只相信，無論是什麼，卻決不能是打。家庭教育給人的身心的影響究有多麼大，我也不知道；但我相信：打給與孩子的影響，決不會是好的。

　　既稱家庭教育，當然也包括父親對兒女的施教。但帶孩子，管孩子，常常和孩子在一塊兒的卻是母親。俗話說：「父嚴母慈」。我的經驗卻是相反的。父親不大打太小的兒女：比較理智，能夠一片一片的大道理說，許多場合都君子似地動口不動手，兒女有理由，也比較容易說清。就今天的一般情形而論，父親的知識水準往往高些，活動範圍廣些，眼光遠大些，不大專注兒女的一些小事情，許多父親又坐在家裏的時候少。所以我以為父嚴倒不要緊，母嚴才是一件最倒霉的事。男主外，女主內，是老例，母親的權威，在家庭裏，有時比父親的還大，而且更無微不至。

　　也許有人說，母親應該管教孩子。天下往往有溺愛不明的母親，對於孩子百般驕縱，使得孩子從小就無所不為。那樣的母親是值得反對的。不錯。不過這裏應該注意的是，這種母親之應反對，是在她對於兒女沒有教，卻不在於沒有打。

　　「撲作教刑」，老例是以打為教，寓教於打，打教合一的。其實兩者卻勢不兩立。打是一件最方便最容易的事情，只須用手就行；教則要方法，必需麻煩更尊貴的東西：腦；而有些人的腦又是根本不合用的。人都有一種惰性，喜歡避重就輕，避難就易；既然用手可以解決，何必驚動腦呢？腦是個用則靈，不用則鈍的東西，不用過久，就會變成豬油，縱然本有教的方法也會消失，更不要希望它會產生新方法來。何況人都喜歡任性，打是件任性的事，習慣

又會變成自然，打成習慣了，想改掉也很難。「撲作教刑」，結果就一定只有打而沒有教了。

倘肯首先停止打，就算一時沒有教的方法，只要肯用腦，總會想出，學會的。

然而中國受專制思想的影響太久，有些人往往對強暴者是馴羊，對柔弱者卻是暴君。俗話說：「十年媳婦十年磨，再過十年做婆婆！」意思是做媳婦時，無論受怎樣的磨折，都應一聲不響，終有一天，會「一朝權在手，便把令來行」的。至於對柔弱者的同情，似乎向來就不發達。中國的婦女受的壓迫太厲害，生活太枯燥，活動範圍太狹窄，知識水準太低。這都會使人變成度量窄小，急於找尋發泄鬱悶的對象的。而這對象，在家庭裏，除了鍋盤碗盞，雞犬牛羊之外，也實在只有孩子們了。

像這樣說來，怎樣做母親，倒是個大問題；叫母親不打孩子，不但不是探本之論，或者反而有些不近人情。好在我的文章，不會被每個母親都看見。中國現在多數的母親，恐怕也沒有看文章的能力，習慣，乃至自由，反正不會有大影響。我的本意也不過在向有志於做母親者以及有志於勸人做母親者說說，使一兩個小朋友或可因此而少挨一兩次打而已。

怎樣做母親呢？讓別人去講大道理吧，我卻只有兩個字：不打。

一九四〇，十二，六，桂林

（選自《聶紺弩雜文集》，北京：三聯書店，1981 年）

我的母親

老舍

　　母親的娘家是北平德勝門外，土城兒外邊，通大鐘寺的大路上的一個小村裏。村裏一共有四五家人家，都姓馬。大家都種點不十分肥美的地，但是與我同輩的兄弟們，也有當兵的，作木匠的，作泥水匠的，和當巡察的。他們雖然是農家，卻養不起牛馬，人手不夠的時候，婦女便也須下地作活。

　　對於姥姥家，我只知道上述的一點。外公外婆是什麼樣子，我就不知道了，因為他們早已去世。至於更遠的族系與家史，就更不曉得了；窮人只能顧眼前的衣食，沒有功夫談論什麼過去的光榮；「家譜」這字眼，我在幼年就根本沒有聽說過。

　　母親生在農家，所以勤儉誠實，身體也好。這一點事實卻極重要，因為假若我沒有這樣的一位母親，我以為我恐怕也就要大大的打個折扣了。

　　母親出嫁大概是很早，因為我的大姐現在已是六十多歲的老太婆，而我的大外甥女還長我一歲啊。我有三個哥哥，四個姐姐，但能長大成人的，只有大姐，二姐，三姐，三哥與我。我是「老」兒子。生我的時候，母親已有四十一歲，大姐二姐已都出了閣。

　　由大姐與二姐所嫁入的家庭來推斷，在我生下之前，我的家裏，大概還馬馬虎虎的過得去。那時候定婚講究門當戶對，而大姐丈是作小官的，二姐丈也開過一間酒館，他們都是相當體面的人。

可是，我，我給家庭帶來了不幸：我生下來，母親暈過去半夜，才睜眼看見她的老兒子——感謝大姐，把我揣在懷中，致未凍死。

一歲半，我把父親「克」死了。

兄不到十歲，三姐十二三歲，我才一歲半，全仗母親獨力撫養了。父親的寡姐跟我們一塊兒住，她吸鴉片，她喜摸紙牌，她的脾氣極壞。為我們的衣食，母親要給人家洗衣服，縫補或裁縫衣裳。在我的記憶中，她的手終年是鮮紅微腫的。白天，她洗衣服，洗一兩大綠瓦盆。她作事永遠絲毫也不敷衍，就是屠戶們送來的黑如鐵的布襪，她也給洗得雪白。晚間，她與三姐抱着一盞油燈，還要縫補衣服，一直到半夜。她終年沒有休息，可是在忙碌中她還把院子屋中收拾得清清爽爽。桌椅都是舊的，櫃門的銅活久已殘缺不全，可是她的手老使破桌面上沒有塵土，殘破的銅活發着光。院中，父親遺留下的幾盆石榴與夾竹桃，永遠會得到應有的澆灌與愛護，年年夏天開許多花。

哥哥似乎沒有同我玩耍過。有時候，他去讀書；有時候，他去學徒；有時候，他也去賣花生或櫻桃之類的小東西。母親含着淚把他送走，不到兩天，又含着淚接他回來。我不明白這都是什麼事，而只覺得與他很生疏。與母親相依為命的是我與三姐。因此，他們作事，我老在後面跟着。他們澆花，我也張羅着取水；她們掃地，我就撮土……從這裏，我學得了愛花，愛清潔，守秩序。這些習慣至今還被我保存着。

有客人來，無論手中怎麼窘，母親也要設法弄一點東西去款待。舅父與表哥們往往是自己掏錢買酒肉食，這使她臉上羞得飛紅，可是殷勤的給他們溫酒作麵，又給她一些喜悅。遇上親友家中

有喜喪事，母親必把大褂洗得乾乾淨淨，親自去賀弔——份禮也許只是兩吊小錢。到如今如我的好客的習性，還未全改，儘管生活是這麼清苦，因為自幼兒看慣了的事情是不易改掉的。

姑母常鬧脾氣。她單在雞蛋裏找骨頭。她是我家中的閻王。直到我入了中學，她才死去，我可是沒有看見母親反抗過。「沒受過婆婆的氣，還不受大姑子的嗎？命當如此！」母親在非解釋一下不足以平服別人的時候，才這樣說。是的，命當如此。母親活到老，窮到老，辛苦到老，全是命當如此。她最會吃虧。給親友鄰居幫忙，她總跑在前面：她會給嬰兒洗三——窮朋友們可以因此少花一筆「請姥姥」錢——她會刮痧，她會給孩子們剃頭，她會給少婦們絞臉……凡是她能作的，都有求必應。但是吵嘴打架，永遠沒有她。她寧吃虧，不逗氣。當姑母死去的時候，母親似乎把一世的委屈都哭了出來，一直哭到墳地。不知道哪裏來的一位侄子，聲稱有承繼權，母親便一聲不響，教他搬走那些破桌子爛板凳，而且把姑母養的一隻肥母雞也送給他。

可是，母親並不軟弱。父親死在庚子鬧「拳」的那一年。聯軍入城，挨家搜索財物雞鴨，我們被搜兩次。母親拉着哥哥與三姐坐在牆根，等着「鬼子」進門，街門是開着的。「鬼子」進門，一刺刀先把老黃狗刺死，而後入室搜索。他們走後，母親把破衣箱搬起，才發現了我。假若箱子不空，我早就被壓死了。皇上跑了，丈夫死了，鬼子來了，滿城是血光火焰，可是母親不怕，她要在刺刀下，饑荒中，保護着兒女。北平有多少變亂啊，有時候兵變了，街市整條的燒起，火團落在我們院中。有時候內戰了，城門緊閉，舖店關門，星夜響着槍炮。這驚恐，這緊張，再加上一家飲食的

籌劃，兒女安全的顧慮，豈是一個軟弱的老寡婦所能受得起的？可是，在這種時候，母親的心橫起來，她不慌不哭，要從無辦法中想出辦法來。她的淚會往心中落！這點軟而硬的個性，也傳給了我。我對一切人與事，都取和平的態度，把吃虧看作當然的。但是，在作人上，我有一定的宗旨與基本的法則，什麼事都可將就，而不能超過自己劃好的界限。我怕見生人，怕辦雜事，怕出頭露面；但是到了非我去不可的時候，我便不得不去，正像我的母親。從私塾到小學，到中學，我經歷過起碼有二十位教師吧，其中有給我很大影響的，也有毫無影響的，但是我的真正的教師，把性格傳給我的，是我的母親。母親並不識字，她給我的是生命的教育。

當我在小學畢了業的時候，親友一致的願意我去學手藝，好幫助母親。我曉得我應當去找飯吃，以減輕母親的勤勞困苦。可是，我也願意升學。我偷偷的考入了師範學校——制服，飯食，書籍，宿處，都由學校供給。只有這樣，我才敢對母親提升學的話。入學，要交十元的保證金。這是一筆巨款！母親作了半個月的難，把這巨款籌到，而後含淚把我送出門去。她不辭勞苦，只要兒子有出息。當我由師範畢業，而被派為小學校校長，母親與我都一夜不曾合眼。我只說了句：「以後，您可以歇一歇了！」她的回答只有一串串的眼淚。我入學之後，三姐結了婚。母親對兒女是都一樣疼愛的，但是假若她也有點偏愛的話，她應當偏愛三姐，因為自父親死後，家中一切的事情都是母親和三姐共同撐持的。三姐是母親的右手。但是母親知道這右手必須割去，她不能為自己的便利而耽誤了女兒的青春。當花轎來到我們的破門外的時候，母親的手就和冰一樣的涼，臉上沒有血色——那是陰曆四月，天氣很暖。大家都怕她

暈過去。可是，她掙扎着，咬着嘴唇，手扶着門框，看花轎徐徐的走去。不久，姑母死了。三姐已出嫁，哥哥不在家，我又住學校，家中只剩母親自己。她還須自曉至晚的操作，可是終日沒人和她說一句話。新年到了，正趕上政府倡用陽曆，不許過舊年。除夕，我請了兩小時的假。由擁擠不堪的街市回到清爐冷灶的家中。母親笑了。及至聽說我還須回校，她楞住了。半天，她才嘆出一口氣來。到我該走的時候，她遞給我一些花生，「去吧，小子！」街上是那麼熱鬧，我卻什麼也沒看見，淚遮迷了我的眼。今天，淚又遮住了我的眼，又想起當日孤獨的過那凄慘的除夕的慈母。可是慈母不會再候盼着我了，她已入了土！

兒女的生命是不依順着父母所設下的軌道一直前進的，所以老人總免不了傷心。我廿三歲，母親要我結了婚，我不要。我請來三姐給我說情，老母含淚點了頭。我愛母親，但是我給了她最大的打擊。時代使我成為逆子。廿七歲，我上了英國。為了自己，我給六十多歲的老母以第二次打擊。在她七十大壽的那一天，我還遠在異域。那天，據姐姐們後來告訴我，老太太只喝了兩口酒，很早的便睡下。她想念她的幼子，而不便說出來。

七七抗戰後，我由濟南逃出來。北平又像庚子那年似的被鬼子佔據了，可是母親日夜惦念的幼子卻跑西南來。母親怎樣想念我，我可以想像得到，可是我不能回去。每逢接到家信，我總不敢馬上拆看，我怕，怕，怕，怕有那不祥的消息。人，即使活到八九十歲，有母親便可以多少還有點孩子氣。失了慈母便像花插在瓶子裏，雖然還有色有香，卻失去了根。有母親的人，心裏是安定的。我怕，怕，怕家信中帶來不好的消息，告訴我已是失了根的花草。

去年一年，我在家信中找不到關於老母的起居情況。我疑慮，害怕。我想像得到，沒有不幸，家中念我流亡孤苦，或不忍相告。母親的生日是在九月，我在八月半寫去祝壽的信，算計着會在壽日之前到達。信中囑咐千萬把壽日的詳情寫來，使我不再疑慮。十二月二十六日，由文化勞軍的大會上回來，我接到家信。我不敢拆讀。就寢前，我拆開信，母親已去世一年了！

　　生命是母親給我的。我之能長大成人，是母親的血汗灌養的。我之能成為一個不十分壞的人，是母親感化的。我的性格，習慣，是母親傳給的。她一世未曾享過一天福，臨死還吃的是粗糧。唉！還說什麼呢？心痛！心痛！

（原載《半月文萃》卷 9、10 合刊，1943 年 4 月 1 日）

母親的記憶

孫犁

母親生了七個孩子，只養活了我一個。一年，農村鬧瘟疫，一個月裏，她死了三個孩子。爺爺對母親說：「心裏想不開，人就會瘋了。你出去和人們鬥鬥紙牌吧！」

後來，母親就養成了春冬兩閒和婦女們鬥牌的習慣；並且常對家裏人說：

「這是你爺爺吩咐下來的，你們不要管我。」

麥秋兩季，母親為地裏的莊稼，像瘋了似的勞動。她每天一聽見雞叫就到地裏去，幫着收割、打場。每天很晚才回到家裏來。她的身上都是土，頭髮上是柴草。藍布衣褲汗濕得泛起一層白鹼，她總是撩起褂子的大襟，抹去臉上的汗水。她的口號是：「爭秋奪麥！」「養兵千日，用兵一時！」一家人誰也別想偷懶。

我生下來，就沒有奶吃。母親把饃饃晾乾了，再粉碎煮成糊餵我。我多病，每逢病了，夜間，母親總是放一碗清水在窗台上，禱告過往的神靈。母親對人說：「我這個孩子，是不會孝順的，因為他是我燒香還願，從廟裏求來的。」

家境小康以後，母親對於村中的孤苦飢寒，盡力周濟，對於過往的人，凡有求於她，無不熱心相幫。有兩個遠村的尼姑，每年麥秋收成後，總到我們家化緣。母親除給她們很多糧食外，還常留

她們食宿。我記得有一個年輕的尼姑，長得眉清目秀。冬天住在我家，她懷揣一個蟈蟈葫蘆，夜裏叫得很好聽，我很想要。第二天清早，母親告訴她，小尼姑就把蟈蟈送給我了。

抗日戰爭時，村莊附近，敵人安上了炮樓。一年春天，我從遠處回來，不敢到家裏去，繞到村邊的場院小屋裏。母親聽說了，高興得不知給孩子什麼好。家裏有一棵月桂。父親養了一春天，剛開了一朵大花，她折下就給我送去了。父親很心痛，母親笑着說：「我說為什麼這朵花，早也不開，晚也不開，今天忽然開了呢，因為我的兒子回來，它要先給我報個信兒！」

一九五六年，我在天津，得了大病，要到外地去療養。那時母親已經八十多歲，當我走出屋來，她站在廊子裏，對我說：

「別人病了往家裏走，你怎麼病了往外走呢！」

這是我同母親的永訣。我在外養病期間，母親去世了，享年84歲。

一九八二年十二月

（選自《遠道集》，天津：百花文藝出版社，1984 年）

若子的病

周作人

《北京孔德學校旬刊》第二期於四月十一日出版，載有兩篇兒童作品，其中之一是我的小女兒寫的。

《晚上的月亮》　　周若子

晚上的月亮，很大又很明。我的兩個弟弟說：「我們把月亮請下來，叫月亮抱我們到天上去玩。月亮給我們東西，我們很高興。我們拿到家裏給母親吃，母親也一定高興。」

但是這張旬刊從郵局寄到的時候，若子已正在垂死狀態了。她的母親望着攤在席上的報紙又看昏沉的病人，再也沒有什麼話可說，只叫我好好地收藏起來，——做一個將來決不再寓目的紀念品。我讀了這篇小文，不禁忽然想起六歲時死亡的四弟椿壽，他於得急性肺炎的前兩三天，也是固執地向着傭婦追問天上的情形，我自己知道這都是迷信，卻不能禁止我脊梁上不發生冰冷的奇感。

十一日的夜中，她就發起熱來，繼之以大吐，恰巧小兒用的攝氏體溫表給小波波（我的兄弟的小孩）摔破了，土步君正出着第二次種的牛痘，把華氏的一具拿去應用，我們房裏沒有體溫表了，所以不能測量熱度，到了黎明從間壁房中拿表來一量，乃是四十度三分！八時左右起了痙攣，妻抱住了她，只喊說，「阿玉驚了，阿玉驚了！」弟婦（即是妻的三妹）走到外邊叫內弟起來，說「阿玉

死了！」他驚起不覺墜落床下。這時候醫生已到來了，診察的結果說疑是「流行性腦脊髓膜炎」，雖然徵候還未全具，總之是腦的故障，危險很大。十二時又復痙攣，這回腦的方面倒還在其次了，心臟中了霉菌的毒非常衰弱，以致血行不良，皮膚現出黑色，在臂上捺一下，凹下白色的痕好久還不回復。這一日裏，院長山本博士，助手蒲君，看護婦永井君白君，前後都到，山本先生自來四次，永井君留住我家，幫助看病。第一天在混亂中過去了，次日病人雖不見變壞，可是一晝夜以來每兩小時一回的樟腦注射毫不見效，心臟還是衰弱，雖然熱度已減至三八至九度之間。這天下午因為病人想吃可可糖，我趕往哈達門去買，路上時時為不祥的幻想所侵襲，直到回家看見毫無動靜這才略略放心。第三天是火曜日，勉強往學校去，下午三點半正要上課，聽說家裏有電話來叫，趕緊又告假回來，幸而這回只是夢囈，並未發生什麼變化。夜中十二時山本先生診後，始宣言性命可以無慮。十二日以來，經了兩次的食鹽注射，三十次以上的樟腦注射，身上擁着大小七個的冰囊，在七十二小時之末總算已離開了死之國土，還真是萬幸的事了。

　　山本先生後來告訴川島君說，那日曜日他以為一定不行的了。大約是第二天，永井君也走到弟婦的房裏躲着下淚，她也覺得這小朋友怕要為了什麼而辭去這個家庭了。但是這病人竟從萬死中逃得一生，不知是哪裏來的力量。醫呢，藥呢，她自己或別的不可知之力呢？但我知道，如沒有醫藥及大家的救護，她總是早已不在了。我若是一種宗派的信徒，我的感謝便有所歸，而且當初的驚怖或者也可減少，但是我不能如此，我對於未知之力有時或感着驚異，卻還沒有致感謝的那麼深密的接觸。我現在所想致感謝者在人而不在

自然，我很感謝山本先生與永井君的熱心的幫助，雖然我也還不曾忘記四年前給我醫治肋膜炎的勞苦。川島斐君二君每日殷勤的訪問，也是應該致謝的。

　　整整地睡了一星期，腦部已經漸好，可以移動，遂於十九日午前搬往醫院，她的母親和「姊姊」陪伴着，因為心臟尚須療治，住在院裏較為便利，省得醫生早晚兩次趕來診察。現在温度復原，脈搏亦漸恢復，她臥在我曾經住過兩個月的病室的床上，只靠着一個冰枕，胸前放着一個小冰囊，伸出兩隻手來，在那裏唱歌。妻同我商量，若子的兄姊十歲的時候，都花過十來塊錢，分給用人並吃點東西當作紀念，去年因為籌不出這筆款，所以沒有這樣辦，這回病好之後，須得設法來補做並以祝賀病愈。她聽懂了這會話的意思，便反對說，「這樣辦不好。倘若今年做了十歲，那麼明年豈不還是十一歲麼！」我們聽了不禁破顏一笑。唉，這個小小的情景，我們在一星期前哪裏敢夢想到呢？

　　緊張透了的心一時殊不容易鬆放開來。今日已是若子病後的第十一日，下午因為稍覺頭痛告假在家，在院子裏散步，這才見到白的紫的丁香都已盛開，山桃爛熳得開始憔悴了，東邊路旁愛羅先珂君回俄國前手植作為紀念的一株杏花已經零落淨盡，只剩有好些綠蒂隱藏嫩葉的底下。春天過去了，在我們彷徨驚恐的幾天裏，北京這好像敷衍人似地短促的春光早已偷偷地走過去了。這或者未免可惜，我們今年竟沒有好好地看一番桃杏花。但是花明年會開的，春天明年也會再來的，不妨等明年再看；我們今年幸而能夠留住了別個一去將不復來的春光，我們也就夠滿足了。

今天我自己居然能夠寫出這篇東西來，可見我的凌亂的頭腦也略略靜定了，這也是一件高興的事。

一九二五年四月廿二日雨夜

（選自《雨天的書》，長沙：岳麓書社，1987 年）

一個人在途上

郁達夫

　　在東車站的長廊下，和女人分開以後，自家又剩了孤零丁的一個。頻年飄泊慣的兩口兒，這一回的離散，倒也算不得什麼特別。可是端午節那天，龍兒剛死，到這時候北京城裏雖已起了秋風，但是計算起來，去兒子的死期，究竟還只有一百來天。在車座裏，稍稍把意識恢復轉來的時候，自家就想起了盧騷晚年的作品《孤獨散步者的夢想》的頭上的幾句話：

　　「自家除了己身以外，已經沒有弟兄，沒有鄰人，沒有朋友，沒有社會了。自家在這世上，像這樣的，已經成了一個孤獨者了。……」然而當年的盧騷還有棄養在孤兒院內的五個兒子，而我自己哩，連一個撫育到五歲的兒子都還抓不住！

　　離家的遠別，本來也只為想養活妻兒。去年在某大學的被逐，是萬料不到的事情。其後兵亂迭起，交通阻絕，當寒冬的十月，會病倒在滬上，也是誰也料想不到的。今年二月，好容易到得南方，靜息了一年之半，誰知這剛養得出趣的龍兒又會遭此兇疾的呢？

　　龍兒的病報，本是在廣州得着，匆促北航，到了上海，接連接了幾個北京來的電報。換船到天津，已經是舊曆的五月初十。到家之夜，一見了門上的白紙條兒，心裏已經是跳得忙亂，從蒼茫的暮色裏趕到哥哥家中，見了衰病的她，因為在大眾之前，勉強將感情壓住。草草吃了夜飯，上床就寢，把電燈一滅，兩人只有緊抱的痛

哭，痛哭，痛哭，只是痛哭，氣也換不過來，更哪裏有說一句話的餘裕？

受苦的時間，的確脫煞過去得太悠徐，今年的夏季，只是悲嘆的連續。晚上上床，兩口兒，哪敢提一句話？可憐這兩個迷散的靈心，在電燈滅黑的黯暗裏，所摸走的荒路，每湊集在一條線上，這路的交叉點裏，只有一塊小小的墓碑，墓碑上只有「龍兒之墓」的四個紅字。

妻兒因為在浙江老家內不能和母親同住，不得已而搬往北京當時我在寄食的哥哥家去，是去年的四月中旬。那時候龍兒正長得肥滿可愛，一舉一動，處處教人歡喜。到了五月初，從某地回京，覺得哥哥家太狹小，就在什刹海的北岸，租定了一間渺小的住宅。夫妻兩個，日日和龍兒伴樂，閒時也常在北海的荷花深處，及門前的楊柳蔭中帶龍兒去走走。這一年的暑假，總算過得最快樂，最閒適。

秋風吹葉落的時候，別了龍兒和女人，再上某地大學去為朋友幫忙，當時他們倆還往西車站去送我來哩！這是去年秋晚的事情，想起來還同昨日的情形一樣。

過了一月，某地的學校裏發生事情，又回京了一次，在什刹海小住了兩星期，本來打算不再出京了，然礙於朋友的面子，又不得不於一天寒風刺骨的黃昏，上西車站去趁車。這時候因為怕龍兒要哭，自己和女人吃過晚飯，便只說要往哥哥家裏去，只許他送我們到門口。記得那一天晚上他一個人和老媽子立在門口，等我們倆去了好遠，還「爸爸！爸爸！」的叫了好幾聲。啊啊，這幾聲慘傷的呼喚，便是我在這世上聽到的他叫我的最後的聲音！

出京之後，到某地住了一宵，就匆促逃往上海。接續便染了病，遇了強盜輩的爭奪政權，其後赴南方暫住，一直到今年的五月，才返北京。

　　想起來，龍兒實在是一個填債的兒子。是當亂離困厄的這幾年中間，特來安慰我和他娘的愁悶的使者！

　　自從他在安慶生落地以來，我自己沒有一天脫離過苦悶，沒有一處安住到五個月以上。我的女人，也和我分擔着十字架的重負，只是東西南北的奔流飄泊。然當日夜難安，悲苦得不了的時候，只教他的笑臉一開，女人和我，就可以把一切窮愁丟在腦後。而今年五月初十待我趕到北京的時候，他的屍體，早已在妙光閣的廣誼園地下躺着了。

　　他的病，說是腦膜炎。自從得病之日起，一直到舊曆端午節的午時絕命的時候止，中間經過有一個多月的光景。平時被我們寵壞了的他，聽說此番病裏，卻乖順得非常。叫他吃藥，他就大口的吃，叫他用冰枕，他就很柔順的躺上。病後還能說話的時候，只問他的娘：「爸爸幾時回來？」「爸爸在上海為我定做的小皮鞋，已經做好了沒有？」我的女人，於惑亂之餘，每幽幽的問他：「龍！你曉得你這一場病，會不會死的？」他老是很不願意的回答說：「哪兒會死的哩？」據女人含淚的告訴我說，他的談吐，絕不似一個五歲的小兒。

　　未病之前一個月的時候，有一天午後他在門口玩耍，看見西面來了一乘馬車，馬車裏坐着一個戴灰白色帽子的青年。他遠遠看見，就急忙丟下了伴侶，跑進屋裏去叫他娘出來，說：「爸爸回來了，爸爸回來了！」因為我去年離京時所戴的，是一樣的頂白灰呢

帽。他娘跟他出來到門前，馬車已經過去了，他就死勁的拉住了他娘，哭喊着說：「爸爸怎麼不家來吓？爸爸怎麼不家來吓？」他娘說慰了半天，他還盡是哭着，這也是他娘含淚和我說的。現在回想起來，自己實在不該拋棄了他們，一個人在外面流蕩，致使他那小小的靈心，常有這望遠思親的傷痛。

去年六月，搬往什刹海之後，有一次我們在堤上散步，因為他看見了人家的汽車，硬是哭着要坐，被我痛打了一頓。又有一次，也是因為要穿洋服，受了我的毒打。這實在只能怪我做父親的沒有能力，不能做洋服給他穿，僱汽車給他坐。早知他要這樣的早死，我就是典當強劫，也應該去弄一點錢來，滿足他的無邪的慾望。到現在追想起來，實在覺得對他不起，實在是我太無容人之量了。

我女人說，瀕死的前五天，在病院裏，他連叫了幾夜的爸爸！她問他：「叫爸爸幹什麼？」他又不響了，停一會兒，就又再叫起來。到了舊曆五月初三日，他已入了昏迷狀態，醫師替他抽骨髓，他只會直叫一聲「幹嗎？」喉頭的氣管，咯咯在抽咽，眼睛只往上吊送，口頭流些白沫，然而一口氣總不肯斷。他娘哭叫幾聲「龍！龍！」他的小眼角上，就會迸流下眼淚出來，後來他娘看他苦得難過，倒對他說：

「龍！你若是沒有命的，就好好的去罷！你是不是想等爸爸回來？就是你爸爸回來，也不過是這樣的替你醫治罷了。龍！你有什麼不了的心願呢？龍！與其這樣的抽咽受苦，你還不如快快的去吧！」

他聽了這一段話，眼角上的眼淚，更是湧流得厲害。到了舊曆端午節的午時，他竟等不着我的回來，終於斷氣了。

喪葬之後，女人搬往哥哥家裏，暫住了幾天。我於五月十日晚上，下車趕到什刹海的寓宅，打門打了半天，沒有應聲。後來抬頭一看，才見了一張告示郵差送信的白紙條。

　　自從龍兒生病以後連日夜看護久已倦了的她，又哪裏經得起最後的這一個打擊？自己當到京之夜，見了她的衰容，見了她的淚眼，又哪裏能夠不痛哭呢！

　　在哥哥家裏小住了兩三天，我因為想追求龍兒生前的遺蹟，一定要女人和我仍復搬回什刹海的住宅去住它一兩個月。

　　搬回去那天，一進上屋的門，就見了一張被他玩破的今年正月裏的花燈。聽說這張花燈，是南城大姨媽送他的，因為他自家燒破了一個窟窿，他還哭過好幾次來的。

　　其次，便是上房裏磚上的幾堆燒紙錢的痕跡！當他下殮時燒給他的。

　　院子裏有一架葡萄，兩棵棗樹，去年採取葡萄棗子的時候，他站在樹下，兜起了大褂，仰頭在看樹上的我。我摘取一顆，丟入了他的大褂兜裏，他的哄笑聲，要繼續到三五分鐘。今年這兩顆棗樹，結滿了青青的棗子，風起的半夜裏，老有熟極的棗子辭枝自落。女人和我，睡在床上，有時候且哭且談，總要到更深人靜，方能入睡。在這樣的幽幽的談話中間，最怕聽的，就是這滴答的墜棗之聲。

　　到京的第二日，和女人去看他的墳墓。先在一家南紙舖裏買了許多冥府的鈔票，預備去燒送給他。直到到了妙光閣的廣誼園塋地門前，她方從嗚咽裏清醒過來，說：「這是鈔票，他一個小孩如何

用得呢？」就又回車轉來，到琉璃廠去買了些有孔的紙錢。她在墳前哭了一陣，把紙錢鈔票燒化的時候，卻叫着說：

「龍！這一堆是鈔票，你收在那裏。待長大了的時候再用，要買什麼，你先拿這一堆錢去用罷！」

這一天在他的墳上坐着，我們直到午後七點，太陽平西的時候，才回家來。臨走的時候，他娘還哭叫着說：

「龍！龍！你一個人在這裏不怕冷靜的麼？龍！龍！人家若來欺你，你晚上來告訴娘罷！你怎麼不想回來了呢？你怎麼夢也不來託一個呢？」

箱子裏，還有許多散放着的他的小衣服。今年北京的天氣，到七月中旬，已經是很冷了。當微涼的早晚，我們倆都想換上幾件夾衣，然而因為怕見到他舊時的夾衣袍襪，我們倆卻盡是一天一天的推着，誰也不說出口來，說「要換上件夾衫。」

有一次和女人在那裏睡午覺，她驟然從床上坐了起來，鞋也不拖，光着襪子，跑上了上房起坐室裏，並且更掀簾跑上外面院子裏去。我也莫名其妙跟着她跑到外面的時候，只見她在那裏四面找尋什麼，找尋不着，呆立了一會，她忽然放聲哭了起來，並且抱住了我急急的追問說：「你聽不聽見？你聽不聽見？」哭完之後，她才告訴我說，在半醒半睡的中間，她聽見「娘！娘！」的叫了兩聲，的確是龍的聲音，她很堅定的說：「的確是龍回來了。」

北京的朋友親戚，為安慰我們起見，今年夏天常請我們倆去吃飯聽戲。她老不願意和我同去，因為去年的六月，我們無論上哪裏去玩，龍兒是常和我們在一處的。

今年的一個暑假，就是這樣的，在悲嘆和幻夢的中間消逝了。

這一回南方來催我就道的信，過於匆促，出發之前，我覺得還有一件大事情沒有做了。

中秋節前新搬了家，為修理房屋，部署雜事，就忙了一個星期。出發之前，又因了種種瑣事，不能抽出空來，再上龍兒的墓地裏去探望一回。女人上東車站來送我上車的時候，我心裏盡酸一陣痛一陣的在迴念這一件恨事。有好幾次想和她說出來，教她於兩三日後再往妙光閣去探望一趟，但見了她的憔悴盡的顏色，和苦忍住的淒楚，又終於一句話也沒有講成。

現在去北京遠了，去龍兒更遠了，自家只一個人，只是孤零丁的一個人，在這裏繼續此生中大約是完不了的飄泊。

一九二六年十月五日在上海旅館內

（原載《創造月刊》1 卷第 5 期，1926 年 7 月 1 日，該期衍期出版）

給我的孩子們

豐子愷

　　我的孩子們！我憧憬於你們的生活，每天不止一次！我想委曲地說出來，使你們自己曉得。可惜到你們懂得我的話的意思的時候，你們將不復是可以使我憧憬的人了。這是何等可悲哀的事啊！

　　瞻瞻！你尤其可佩服。你是身心全部公開的真人。你什麼事體都像拼命地用全副精力去對付。小小的失意，像花生米翻落地了，自己嚼了舌頭了，小貓不肯吃糕了，你都要哭得嘴唇翻白，昏去一兩分鐘。外婆普陀去燒香買回來給你的泥人，你何等鞠躬盡瘁地抱他，餵他；有一天你自己失手把他打破了，你的號哭的悲哀，比大人們的破產，失戀，broken heart，喪考妣，全軍覆沒的悲哀都要真切。兩把芭蕉扇做的腳踏車，麻雀牌堆成的火車，汽車，你何等認真地看待，挺直了嗓子叫「汪——」，「咕咕咕——」，來代替汽笛。寶姐姐講故事給你聽，說到「月亮姐姐掛下一隻籃來，寶姐姐坐在籃裏吊了上去，瞻瞻在下面看」的時候，你何等激昂地同她爭說「瞻瞻要上去，寶姐姐在下面看！」甚至哭到漫姑[1]面前去求審判。我每次剃了頭，你真心地疑我變了和尚，好幾時不要我抱。最是今年夏天，你坐在我膝上發見了我腋下的長毛，當作黃鼠狼的時候，你何等傷心，你立刻從我身上爬下去，起初眼瞪瞪地對我端相，繼而大失所望地號哭，看看，哭着，如同對被判定了死罪的親

1.　作者的三姐。

友一樣。你要我抱你到車站裏去，多多益善地要買香蕉，滿滿地擒了兩手回來，回到門口時你已經熟睡在我的肩上，手裏的香蕉不知落在哪裏去了。這是何等可佩服的真率，自然，與熱情！大人間的所謂「沉默」，「含蓄」，「深刻」的美德，比起你來，全是不自然的，病的，偽的！

你們每天做火車，做汽車，辦酒，請菩薩，堆六面畫，唱歌，全是自動的，創造創作的生活。大人們的呼號「歸自然！」「生活的藝術化！」「勞動的藝術化！」在你們面前真是出醜得很了！依樣畫幾筆劃，寫幾篇文的人稱為藝術家，創作家，對你們更要愧死！

你們的創作力，比大人真是強盛得多哩：瞻瞻！你的身體不及椅子的一半，卻常常要搬動它，與它一同翻倒在地上；你又要把一杯茶橫轉來藏在袖兜裏，要皮球停在壁上，要拉住火車的尾巴，要月亮出來，要天停止下雨。在這等小小的事件中，明明表示着你們的小弱的體力與智力不足以應付強盛的創作慾，表現慾的驅使，因而遭逢失敗。然而你們是不受大自然的支配，不受人類社會的束縛的創造者，所以你的遭逢失敗，例如火車尾巴拉不住，月亮呼不出來的時候，你們決不承認是事實的不可能，總以為是爹爹媽媽不肯幫你們辦到，同不許你們弄自鳴鐘同例，所以憤憤地哭了，你們的世界何等廣大！

你們一定想：終天無聊地伏在案上弄筆的爸爸，終天悶悶地坐在窗下弄引線的媽媽，是何等無氣性的奇怪的動物！你們所視為奇怪動物的我與你們的母親，有時確實難為了你們，摧殘了你們，回想起來，真是不安心得很！

阿寶！有一晚你拿軟軟的新鞋子，和自己腳上脫下來的鞋子，給凳子的腳穿了，劃襪立在地上，得意地叫「阿寶兩隻腳，凳子四隻腳」的時候，你母親喊着「齷齪了襪子！」立刻擒你到藤榻上，動手毀壞你的創作。當你蹲在榻上注視你母親動手毀壞的時候，你的小心裏一定感到「母親這種人，何等殺風景而野蠻」吧！

　　瞻瞻！有一天開明書店送了幾冊新出版的毛邊的《音樂入門》來。我用小刀把書頁一張一張地裁開來，你側着頭，站在桌邊默默地看。後來我從學校回來，你已經在我的書架上拿了一本連史紙印的中國裝的《楚辭》，把它裁破了十幾頁，得意地對我說：「爸爸！瞻瞻也會裁了！」瞻瞻！這在你原是何等成功的歡喜，何等得意的作品！卻被我一個驚駭的「哼」字喊得你哭了。那時候你也一定抱怨「爸爸何等不明」吧！

　　軟軟！你常常要弄我的長鋒羊毫，我看見了總是無情地奪脫你。現在你一定輕視我，想道：「你終於要我畫你的畫集的封面！」[2]

　　最不安心的，是有時我還要拉一個你們所最怕的陸露沙醫生來，教他用他的大手來摸你們的肚子，甚至用刀來在你們臂上割幾下，還要教媽媽和漫姑擒住了你們的手腳，捏住了你們的鼻子，把很苦的水灌到你們的嘴裏去。這在你們一定認為太無人道的野蠻舉動吧！

　　孩子們！你們真果抱怨我，我倒歡喜；到你們的抱怨變為感謝的時候，我的悲哀來了！

　　我在世間，永沒有逢到像你們這樣出肺肝相示的人。世間的人

2.　本文是《子愷畫集》(一九二七年開明書店出版) 的代序。《子愷畫集》的封面畫即軟軟所作。

群結合，永沒有像你們這樣的徹底地真實而純潔。最是我到上海去幹了無聊的所謂「事」回來，或者去同不相干的人們做了叫做「上課」的一種把戲回來，你們在門口或車站旁等我的時候，我心中何等慚愧又歡喜！慚愧我為什麼去做這等無聊的事，歡喜我又得暫時放懷一切地加入你們的真生活的團體。

　　但是，你們的黃金時代有限，現實終於要暴露的。這是我經驗過來的情形，也是大人們誰也經驗過的情形。我眼看見兒時的伴侶中的英雄，好漢，一個個退縮，順從，妥協，屈服起來，到像綿羊的地步。我自己也是如此。「後之視今，亦猶今之視昔」，你們不久也要走這條路呢！

　　我的孩子們！憧憬於你們的生活的我，痴心要為你們永遠挽留這黃金時代在這冊子裏。然這真不過像「蜘蛛網落花」略微保留一點春的痕跡而已。且到你們懂得我這片心情的時候，你們早已不是這樣的人，我的畫在世間已無可印證了！這是何等可悲哀的事啊！

《子愷畫集》代序，一九二六年耶誕節作

（選自《緣緣堂隨筆集》，杭州：浙江文藝出版社，1983年）

兒女

豐子愷

回想四個月以前，我猶似押送囚犯，突然地把小燕子似的一群兒女從上海的租寓中拖出，載上火車，送回鄉間，關進低小的平屋中。自己仍回到上海的租界中，獨居了四個月。這舉動究竟出於什麼旨意，本於什麼計劃，現在回想起來，連自己也不相信。其實旨意與計劃，都是虛空的，自騙自擾的，實際於人生有什麼利益呢？只贏得世故塵勞，做弄幾番歡愁的感情，增加心頭的創痕罷了！

當時我獨自回到上海，走進空寂的租寓，心中不絕地浮起這兩句《楞嚴》經文：「十方虛空在汝心中，猶如白雲點太清裏；況諸世界在虛空耶！」

晚上整理房室，把剩在灶間裏的籃鉢、器皿、餘薪、餘米，以及其他三年來寓居中所用的家常零星物件，盡行送給來幫我做短工的、鄰近的小店裏的兒子。只有四雙破舊的小孩子的鞋子（不知為什麼緣故），我不送掉，拿來整齊地擺在自己的床下，而且後來看到的時候常常感到一種無名的愉快。直到好幾天之後，鄰居的友人過來閒談，說起這床下的小鞋子陰氣迫人，我方始悟到自己的痴態，就把它們拿掉了。

朋友們說我關心兒女。我對於兒女的確關心，在獨居中更常有懸念的時候。但我自以為這關心與懸念中，除了本能以外，似乎尚含有一種更強的加味。所以我往往不顧自己的畫技與文筆的拙陋，

動輒描摹。因為我的兒女都是孩子們，最年長的不過九歲，所以我對於兒女的關心與懸念中，有一部分是對於孩子們——普天下的孩子們——的關心與懸念。他們成人以後我對他們怎樣？現在自己也不能曉得，但可推知其一定與現在不同，因為不復含有那種加味了。

回想過去四個月的悠閒寧靜的獨居生活，在我也頗覺得可戀，又可感謝。然而一旦回到故鄉的平屋裏，被圍在一群兒女的中間的時候，我又不禁自傷了。因為我那種生活，或枯坐，默想，或鑽研，搜求，或敷衍，應酬，比較起他們的天真、健全、活躍的生活來，明明是變態的，病的，殘廢的。

有一個炎夏的下午，我回到家中了。第二天的傍晚，我領了四個孩子——九歲的阿寶、七歲的軟軟、五歲的瞻瞻、三歲的阿韋——到小院中的槐蔭下，坐在地上吃西瓜。夕暮的紫色中，炎陽的紅味漸漸消減，涼夜的青味漸漸加濃起來。微風吹動孩子們的細絲一般的頭髮，身體上汗氣已經全消，百感暢快的時候，孩子們似乎已經充溢着生的歡喜，非發泄不可了。最初是三歲的孩子的音樂的表現，他滿足之餘，笑嘻嘻搖擺着身子，口中一面嚼西瓜，一面發出一種像花貓偷食時候的 "ngam ngam" 的聲音來。這音樂的表現立刻喚起了五歲的瞻瞻的共鳴，他接着發表他的詩：「瞻瞻吃西瓜，寶姐姐吃西瓜，軟軟吃西瓜，阿韋吃西瓜。」這詩的表現又立刻引起了七歲與九歲的孩子的散文的、數學的興味：他們立刻把瞻瞻的詩句的意義歸納起來，報告其結果：「四個人吃四塊西瓜。」

於是我就做了評判者，在自己心中批判他們的作品。我覺得三歲的阿韋的音樂的表現最為深刻而完全，最能全般表出他的歡喜的感情。五歲的瞻瞻把這歡喜的感情翻譯為（他的）詩，已打了一

個折扣；然尚帶着節奏與旋律的分子，猶有活躍的生命流露着。至於軟軟與阿寶的散文的、數學的、概念的表現，比較起來更膚淺一層。然而看他們的態度，全部精神沒入在吃西瓜的一事中，其明慧的心眼，比大人們所見的完全得多。天地間最健全的心眼，只是孩子們的所有物，世間事物的真相，只有孩子們能最明確、最完全地見到。我比起他們來，真的心眼已經被世智塵勞所蒙蔽，所斲喪，是一個可憐的殘廢者了。我實在不敢受他們「父親」的稱呼，倘然「父親」是尊崇的。

　　我在平屋的南窗下暫設一張小桌子，上面按照一定的秩序而佈置着稿紙、信箋、筆硯、墨水瓶、漿糊瓶、時表和茶盤等，不喜歡別人來任意移動，這是我獨居時的慣癖。我——我們大人——平常的舉止，總是謹慎，細心，端詳，斯文。例如磨墨，放筆，倒茶等，都小心從事，故桌上的佈置每日依然，不致破壞或擾亂。因為我的手足的筋覺已經由於屢受物理的教訓而深深地養成一種謹惕的慣性了。然而孩子們一爬到我的案上，就搗亂我的秩序，破壞我的桌上的構圖，毀損我的器物。他們拿起自來水筆來一揮，灑了一桌子又一衣襟的墨水點；又把筆尖蘸在漿糊瓶裏。他們用勁拔開毛筆的銅筆套，手背撞翻茶壺，壺蓋打碎在地板上……這在當時實在使我不耐煩，我不免哼喝他們，奪脫他們手裏的東西，甚至批他們的小頰。然而我立刻後悔：哼喝之後立刻繼之以笑，奪了之後立刻加倍奉還，批頰的手在中途軟卻，終於變批為撫。因為我立刻自悟其非：我要求孩子們的舉止同我自己一樣，何其乖謬！我——我們大人——的舉止謹惕，是為了身體手足的筋覺已經受了種種現實的壓迫而痙攣了的緣故。孩子們尚保有天賦的健全的身手與真樸活躍的元氣，豈像我們的窮屈？揖讓、進退、規行、矩步等大人們的禮

貌，猶如刑具，都是戕賊這天賦的健全的身手的。於是活躍的人逐漸變成了手足麻痺、半身不遂的殘廢者。殘廢者要求健全者的舉止同他自己一樣，何其乖謬！

兒女對我的關係如何？我不曾預備到這世間來做父親，故心中常是疑惑不明，又覺得非常奇怪。我與他們（現在）完全是異世界的人，他們比我聰明、健全得多；然而他們又是我所生的兒女。這是何等奇妙的關係！世人以膝下有兒女為幸福，希望以兒女永續其自我，我實在不解他們的心理。我以為世間人與人的關係，最自然最合理的時候莫如朋友。君臣、父子、兄弟、夫婦之情，在十分自然合理的時候都不外乎是一種廣義的友誼。所以朋友之情，實在是一切人情的基礎。「朋，同類也。」並育於大地上的人，都是同類的朋友，共為大自然的兒女。世間的人，忘卻了他們的大父母，而只知有小父母，以為父母能生兒女，兒女為父母所生，故兒女可以永續父母的自我，而使之永存。於是無子者嘆天道之無知，子不肖者自傷其天命，而狂進杯中之物，其實天道有何厚薄於其齊生並育的兒女！我真不解他們的心理。

近來我的心為四事所佔據了：天上的神明與星辰，人們的藝術與兒童，這小燕子似的一群兒女，是在人世間與我因緣最深的兒童，他們在我心中佔有與神明、星辰、藝術同等的地位。

一九二八年夏作於石門灣平屋

（選自《緣緣堂隨筆集》，杭州：浙江文藝出版社，1983 年）

作父親

豐子愷

樓窗下的弄裏遠地傳來一片聲音:「咿喲,咿喲……」漸近漸響起來。

一個孩子從算草簿中抬起頭來,張大眼睛傾聽一會,「小雞!小雞!」叫了起來。四個孩子同時放棄手中的筆,飛奔下樓,好像路上的一群麻雀聽見了行人的腳步聲而飛去一般。

我剛才扶起他們所帶倒的凳子,拾起桌子上滾下去的鉛筆,聽見大門口一片吶喊:「買小雞!買小雞!」其中又混着哭聲。連忙下樓一看,原來元草因為落伍而狂奔,在庭中跌了一交,跌痛了膝蓋骨不能再跑,恐怕小雞被哥哥、姐姐們買完了輪不着他,所以激烈地哭着。我扶了他走出大門口,看見一群孩子正向一個挑着一擔「咿喲,咿喲」的人招呼,歡迎他走近來。元草立刻離開我,上前去加入團體,且跳且喊:「買小雞!買小雞!」淚珠跟了他的一跳一跳而從臉上滴到地上。

孩子們見我出來,大家回轉身來包圍了我。「買小雞!買小雞!」的喊聲由命令的語氣變成了請願的語氣,喊得比前更響了。他們彷彿想把這些音蓄入我的身體中,希望它們由我的口上開出來。獨有元草直接拉住了擔的繩而狂喊。

我全無養小雞的興趣;而且想起了以後的種種麻煩,覺得可怕。但鄉居寂寥,絕對屏除外來的誘惑而強迫一群孩子在看慣的幾

間屋子裏隱居這一個星期日，似也有些殘忍。且讓這個「咿喲、咿喲」來打破門庭的岑寂，當作長閒的春晝的一種點綴吧。我就招呼挑擔的，叫他把小雞給我們看看。

他停下擔子，揭開前面的一籠。「咿喲，咿喲」的聲音忽然放大。但見一個細網的下面，蠕動着無數可愛的小雞，好像許多活的雪球。五六個孩子蹲集在籠子的四周，一齊傾情地叫着「好來！好來！」一瞬間我的心也屏絕了思慮而沒入在這些小動物的姿態的美中，體會了孩子們對於小雞的熱愛的心情。許多小手伸入籠中，競指一隻純白的小雞，有的幾乎要隔網捉住它。挑擔的忙把蓋子無情地冒上，許多「咿喲，咿喲」的雪球和一群「好來，好來」的孩子就成了咫尺天涯。孩子們悵望籠子的蓋，依附在我的身邊，有的伸手摸我的袋。我就向挑擔的人說話：

「小雞賣幾錢一隻？」

「一塊洋錢四隻。」

「這樣小的，要賣二角半錢一隻？可以便宜些否？」

「便宜勿得，二角半錢最少了。」

他說過，挑起擔子就走。大的孩子脈脈含情地目送他，小的孩子拉住了我的衣襟而連叫「要買！要買！」挑擔的愈走得快，他們喊得愈響。我搖手止住孩子們的喊聲，再向挑擔的問：

「一角半錢一隻賣不賣？給你六角錢買四隻吧！」

「沒有還價！」

他並不停步，但略微旋轉頭來說了這一句話，就趕緊向前面跑。「咿喲，咿喲」的聲音漸漸地遠起來了。

元草的喊聲就變成哭聲。大的孩子鎖着眉頭不絕地探望挑擔者的背影，又注視我的臉色。我用手掩住了元草的口，再向挑擔人遠遠地招呼：

　　「二角大洋一隻，賣了吧！」

　　「沒有還價！」

　　他說過便昂然地向前進行，悠長地叫出一聲「賣——小——雞——！」其背影便在弄口的轉角上消失了。我這裏只留着一個嚎啕大哭的孩子。

　　對門的大嫂子曾經從矮門上探頭出來看過小雞，這時候就拿着針線走出來，倚在門上，笑着勸慰哭的孩子，她說：

　　「不要哭！等一會兒還有擔子挑來，我來叫你呢！」她又笑着向我說：

　　「這個賣小雞的想做好生意。他看見小孩子哭着要買，愈是不肯讓價了。昨天坍牆圈裏買的一角洋錢一隻，比剛才的還大一半呢！」

　　我同她略談了幾句，硬拉了哭着的孩子回進門來。別的孩子也懶洋洋地跟了進來。我原想為長閒的春晝找些點綴而走出門口來的，不料討個沒趣，扶了一個哭着的孩子而回進來。庭中柳樹正在駘蕩的春光中搖曳柔條，堂前的燕子正在安穩的新巢上低徊軟語。我們這個刁巧的挑擔者和痛哭的孩子，在這一片和平美麗的春景中很不調和啊！

　　關上大門，我一面為元草揩拭眼淚，一面對孩子們說：

「你們大家說『好來，好來』，『要買，要買』，那人就不肯讓價了！」

小的孩子聽不懂我的話，繼續抽噎着；大的孩子聽了我的話若有所思。我繼續撫慰他們：

「我們等一會再來買吧，隔壁大媽會喊我們的。但你們下次……」

我不說下去了。因為下面的話是「看見好的嘴上不可說好，想要的嘴上不可說要」。倘再進一步，就變成「看見好的嘴上應該說不好，想要的嘴上應該說不要」了。在這一片天真爛漫光明正大的春景中，向哪裏容藏這樣教導孩子的一個父親呢？

一九三三年五月廿日

（選自《緣緣堂隨筆集》，杭州：浙江文藝出版社，1983 年）

做了父親

假若至今還沒有兒女,是不是要與有些人一樣,感到是人生的缺憾,心頭總有這麼一個失望牽縈着呢?

我與妻都說不至於吧。一些人沒有兒女感到缺憾,因為他們認為兒女是我們份所應得的,應得而不得,當然要失望。也許有人說沒有兒女就是沒有給社會盡力,對於種族的綿延沒有盡責任,那是頗為冠冕堂皇的話,是隨後找來給自己解釋的理由,查問到根柢,還是個得不到應得的不滿足之感而已。我們以為人生的權利固有多端,而兒女似乎不在多端之內,所以說不至於。

但是兒女早已出生了,這個設想無從證實。在有了兒女的今日,設想沒有兒女,自然覺得可以不感缺憾;倘若今日真個還沒有兒女,也許會感到非常寂寞,非常惆悵吧。這是說不定的。

教育是專家的事業,這句話近來幾乎成了口號,但是這意義彷彿向來被承認的。然而一為父母就得兼充專家也是事實。非專家的專家擔起教育的責任來,大概走兩條路:一是盡許多不必要的心,結果是「非徒無益,而又害之」;一是給了個「無所有」,本應在兒女的生活中給充實些什麼,可是並沒有把該給充實的付與兒女。

自家反省,非意識地走的是後一條路。雖然也像一般父親一樣,被一家人用作鎮壓孩子的偶像,在沒法對付時,就「爹爹,你

看某某！」這樣喊出來；有時被引動了感情，罵一頓甚至打一頓的事也有；但是收場往往像兩個孩子爭鬧似的，説着「你不那樣，我也就不這樣」的話，其意若曰彼此再別説這些，重復和好了吧。這中間積極的教訓之類是沒有的。

不自命為「名父」的，大多走與我同樣的路。

自家就沒有什麼把握，一切都在學習試驗之中，怎麼能給後一代人預先把立身處世的道理規定好了教給他們呢？

學校，我想也不是與兒女有什麼了不起的關係的。學習一些符號，懂得一些常識，結交若干朋友，度過若干歲月，如是而已。

以前曾經擔過憂慮，因為自家是小學教員出身，知道小學的情形比較清楚，以為像個模樣的小學太少了，兒女達到入學年齡的時候將無處可送。現在兒女三個都進了學校，學校也不見特別好，但是我毫不存勉強遷就的意思。

一定要有理想的小學才把兒女送去，這無異看兒女作特別珍貴特別柔弱的花草，所以要保藏在裝着暖氣管的玻璃花房裏。特別珍貴麼，除了有些國家的華冑貴族，誰也不肯對兒女作這樣的誇大口吻。特別柔弱麼，那又是心所不甘，要抵擋得風雨，經歷得霜雪，這才可喜。——我現在作這樣想，自笑以前的憂慮殊屬無謂。

何況世間為生活所限制，連小學都不得進的多得很，他們一樣要挺直身軀立定腳跟做人。學校好壞於人究竟有何等程度的關係呢？ ——這樣想時，以前的憂慮尤見得我的淺陋了。

我這方面既然給了個「無所有」，學校方面又沒有什麼了不起的關係，這就攔到了角落裏，兒女的生長只有在環境的限制之內，

憑他們自己的心思能力去應付一切。這裏所謂環境，包括他們所有遭值的事和人物，一飲一啄，一貓一狗，父母教師，街市田野，都在裏頭。

做父親的真欲幫助兒女僅有一途，就是誘導他們，讓他們鍛煉這種心思能力。若去請教專門的教育者，當然，他將說出許多微妙的理論，但是要義大致也不外乎此。

可是，怎樣誘導呢？我就茫然了。雖然知道應該往哪一方向走，但是沒有往前走的實力，只得站在這裏，搓着空空的一雙手，與不曾知道方向的並無兩樣。我很明白，對兒女最抱歉的就是這一點，將來送不送他們進大學倒沒有多大關係。因為適宜的誘導是在他們生命的機械裏加添燃料，而送進大學僅是給他們文憑、地位，以便剝削他人而已。（有人說起振興大學教育可以救國，不知如何，我總不甚相信，卻往往想到這樣不體面的結論上去。）

他們應付環境不得其當甚至應付不了的時候，一定會悵然自失，心裏想，如果父親早給點兒幫助，或者不至於這樣無所措吧。這種歸咎，我不想躲避，也沒法躲避。

對於兒女也有我的希望。

一句話而已，希望他們勝似我。

所謂人間所謂社會雖然很廣漠，總直覺地希望它有進步。而人是構成人間社會的。如果後代無異前代，那就是站在老地方沒有前進，徒然送去了一代的時光，已屬不妙。或者更甚一點，竟然「一代不如一代」，試問人間社會經得起幾回這樣的七折八扣呢！憑這麼想，我希望兒女必須勝似我。

爬上西湖葛嶺那樣的山就會氣喘，提十斤左右重的東西走一兩裏路胳膊就會酸好幾天，我這種身體是完全不行的。我希望他們有強壯的身體。

　　人家問一句話一時會答不上來，事務當前會十分茫然，不知怎樣處置或判斷，我這種心靈是完全不行的。我希望他們有明澈的心靈。

　　說到職業，現在幹的是筆墨的事，要說那關係之大，當然可以戴上文化或教育的高帽子，於是彷彿覺得並非無聊。但是能夠像工人農人一樣，拿出一件供人家切實應用的東西來麼？沒有！自家卻使用了人家生產的切實應用的東西，豈非也成了可羞的剝削階級？文化或教育的高帽子只能掩飾醜臉，聊自解嘲而已，別無意義。這樣想時，更菲薄自己，達於極點。我希望他們與我不一樣：至少要能夠站在人前宣告道，「憑我們的勞力，產生了切實應用的東西，這裏就是！」其時手裏拿的是布匹米麥之類；即使他們中間有一個成為玄學家，也希望他同時鑄成一些齒輪或螺絲釘。

（選自《葉聖陶散文（甲集）》，成都：四川人民出版社，1983 年）

兒女

　　我現在已是五個兒女的父親了。想起聖陶喜歡用的「蝸牛背了殼」的比喻，便覺得不自在。新近一位親戚嘲笑我説，「要剝層皮呢！」更有些悚然了。十年前剛結婚的時候，在胡適之先生的《藏暉室札記》裏，見過一條，説世界上有許多偉大的人物是不結婚的；文中並引培根的話，「有妻子者，其命定矣。」當時確吃了一驚，彷彿夢醒一般；但是家裏已是不由分説給娶了媳婦，又有什麼可説？現在是一個媳婦，跟着來了五個孩子；兩個肩頭上，加上這麼重一副擔子，真不知怎樣走才好。「命定」是不用説了；從孩子們那一面説，他們該怎樣長大，也正是可以憂慮的事。我是個徹頭徹尾自私的人，做丈夫已是勉強，做父親更是不成。自然，「子孫崇拜」，「兒童本位」的哲理或倫理，我也有些知道；既做着父親，閉了眼抹殺孩子們的權利，知道是不行的。可惜這只是理論，實際上我是仍舊按照古老的傳統，在野蠻地對付着，和普通的父親一樣。近來差不多是中年的人了，才漸漸覺得自己的殘酷；想着孩子們受過的體罰和叱責，始終不能辯解——像撫摩着舊創痕那樣，我的心酸溜溜的。有一回，讀了有島武郎《與幼小者》的譯文，對了那種偉大的，沉摯的態度，我竟流下淚來了。去年父親來信，問起阿九，那時阿九還在白馬湖呢；信上説，「我沒有耽誤你，你也不要耽誤他才好。」我為這句話哭了一場；我為什麼不像父親的仁慈？

我不該忘記，父親怎樣待我們來着！人性許真是二元的，我是這樣地矛盾；我的心像鐘擺似的來去。

你讀過魯迅先生的《幸福的家庭》麼？我的便是那一類的「幸福的家庭」！每天午飯和晚飯，就如兩次潮水一般。先是孩子們你來他去地在廚房與飯間裏查看，一面催我或妻發「開飯」的命令。急促繁碎的腳步，夾着笑和嚷，一陣陣襲來，直到命令發出為止。他們一遞一個地跑着喊着，將命令傳給廚房裏用人；便立刻搶着回來搬凳子。於是這個說，「我坐這兒！」那個說，「大哥不讓我！」大哥卻說，「小妹打我！」我給他們調解，說好話。但是他們有時候很固執，我有時候也不耐煩，這便用着叱責了；叱責還不行，不由自主地，我的沉重的手掌便到他們身上了。於是哭的哭，坐的坐，局面才算定了。接着可又你要大碗，他要小碗，你說紅筷子好，他說黑筷子好；這個要乾飯，那個要稀飯，要茶要湯，要魚要肉，要豆腐，要蘿蔔；你說他菜多，他說你菜好。妻是照例安慰着他們，但這顯然是太迂緩了。我是個暴躁的人，怎麼等得及？不用說，用老法子將他們立刻征服了；雖然有哭的，不久也就抹着淚捧起碗了。吃完了，紛紛爬下凳子，桌子是飯粒呀，湯汁呀，骨頭呀，渣滓呀，加上縱橫的筷子，欹斜的匙子，就如一塊花花綠綠的地圖模型。吃飯而外，他們的大事便是遊戲。遊戲時，大的有大主意，小的有小主意，各自堅持不下，於是爭執起來；或者大的欺負了小的，或者小的竟欺負了大的，被欺負的哭着嚷着，到我或妻的面前訴苦；我大抵仍舊要用老法子來判斷的，但不理的時候也有。最為難的，是爭奪玩具的時候：這一個的與那一個的是同樣的東西，卻偏要那一個的；而那一個便偏不答應。在這種情形之下，不論如何，終於是非哭了不可的。這些事件自然不至於天天全有，但

大致總有好些起。我若坐在家裏看書或寫什麼東西，管保一點鐘裏要分幾回心，或站起來一兩次的。若是雨天或禮拜日，孩子們在家的多，那麼，攤開書竟看不下一行，提起筆也寫不出一個字的事，也有過的。我常和妻説，「我們家真是成日的千軍萬馬呀！」有時是不但「成日」，連夜裏也有兵馬在進行着，在有吃乳或生病的孩子的時候！

　　我結婚那一年，才十九歲。二十一歲，有了阿九；二十三歲，又有了阿菜。那時我正像一匹野馬，哪能容忍這些累贅的鞍轡，轡頭，和繮繩？擺脱也知是不行的，但不自覺地時時在擺脱着。現在回想起來，那些日子，真苦了這兩個孩子；真是難以寬宥的種種暴行呢！阿九才兩歲半的樣子，我們住在杭州的學校裏。不知怎地，這孩子特別愛哭，又特別怕生人。一不見了母親，或來了客，就哇哇地哭起來了。學校裏住着許多人，我不能讓他擾着他們，而客人也總是常有的；我懊惱極了，有一回，特地騙出了妻，關了門，將他按在地下打了一頓。這件事，妻到現在説起來，還覺得有些不忍；她説我的手太辣了，到底還是兩歲半的孩子！我近年常想着那時的光景，也覺黯然。阿菜在台州，那是更小了；才過了周歲，還不大會走路。也是為了纏着母親的緣故吧，我將她緊緊地按在牆角裏，直哭喊了三四分鐘；因此生了好幾天病。妻説，那時真寒心呢！但我的苦痛也是真的。我曾給聖陶寫信，説孩子們的磨折，實在無法奈何；有時竟覺着還是自殺的好。這雖是氣憤的話，但這樣的心情，確也有過的。後來孩子是多起來了，磨折也磨折得久了，少年的鋒棱漸漸地鈍起來了；加以增長的年歲增長了理性的裁制力，我能夠忍耐了——覺得從前真是一個「不成材的父親」，如我

給另一個朋友信裏所說。但我的孩子們在幼小時，確比別人的特別不安靜，我至今還覺如此。我想這大約還是由於我們撫育不得法；從前只一味地責備孩子，讓他們代我們負起責任，卻未免是可恥的殘酷了！

　　正面意義的「幸福」，其實也未嘗沒有。正如誰所說，小的總是可愛，孩子們的小模樣，小心眼兒，確有些教人捨不得的。阿毛現在五個月了，你用手指去撥弄她的下巴，或向她做趣臉，她便會張開沒牙的嘴格格地笑，笑得像一朵正開的花。她不願在屋裏待着；待久了，便大聲兒嚷。妻常說，「姑娘又要出去溜達了。」她說她像鳥兒般，每天總得到外面溜一些時候。閏兒上個月剛過了三歲，笨得很，話還沒有學好呢。他只能說三四個字的短語或句子，文法錯誤，發音模糊，又得費氣力說出；我們老是要笑他的。他說「好」字，總變成「小」字；問他「好不好？」他便說「小」，或「不小」。我們常常逗着他說這個字玩兒；他似乎有些覺得，近來偶然也能說出正確的「好」字了——特別在我們故意說成「小」字的時候。他有一隻搪瓷碗，是一毛來錢買的；買來時，老媽子教給他，「這是一毛錢。」他便記住「一毛」兩個字，管那只碗叫「一毛」，有時竟省稱為「毛」。這在新來的老媽子，是必需翻譯了才懂的。他不好意思，或見着生客時，便咧着嘴痴笑；我們常用了土話，叫他做「呆瓜」。他是個小胖子，短短的腿，走起路來，蹣跚可笑；若快走或跑，便更「好看」了。他有時學我，將兩手疊在背後，一搖一擺的；那是他自己和我們都要樂的。他的大姊便是阿菜，已是七歲多了，在小學校裏唸着書。在飯桌上，一定得囉囉唆唆地報告些同學或他們父母的事情；氣喘喘地說着，不管你愛聽不

愛聽。說完了總問我：「爸爸認識麼？」「爸爸知道麼？」妻常禁止她吃飯時說話，所以她總是問我。她的問題真多：看電影便問電影裏的是不是人？是不是真人？怎麼不說話？看照相也是一樣。不知誰告訴她，兵是要打人的。她回來便問，兵是人麼？為什麼打人？近來大約聽了先生的話，回來又問張作霖的兵是幫誰的？蔣介石的兵是不是幫我們的？諸如此類的問題，每天短不了，常常鬧得我不知怎樣答才行。她和閏兒在一處玩兒，一大一小，不很合式，老是吵着哭着。但合式的時候也有：譬如這個往床底下躲，那個便鑽進去追着；這個鑽出來，那個也跟着——從這個床到那個床，只聽見笑着，嚷着，喘着，真如妻所說，像小狗似的。現在在京的，便只有這三個孩子；阿九和轉兒是去年北來時，讓母親暫時帶回揚州去了。

阿九是歡喜書的孩子。他愛看《水滸》，《西遊記》，《三俠五義》，《小朋友》等；沒有事便捧着書坐着或躺着看。只不歡喜《紅樓夢》，說是沒有味兒。是的，《紅樓夢》的味兒，一個十歲的孩子，哪裏能領略呢？去年我們事實上只能帶兩個孩子來；因為他大些，而轉兒是一直跟着祖母的，便在上海將他倆丟下。我清清楚楚記得那分別的一個早上。我領着阿九從二洋涇橋的旅館出來，送他到母親和轉兒住着的親戚家去。妻囑咐說，「買點吃的給他們吧。」我們走過四馬路，到一家茶食舖裏。阿九說要薰魚，我給買了；又買了餅乾，是給轉兒的。便乘電車到海寧路。下車時，看着他的害怕與累贅，很覺惻然。到親戚家，因為就要回旅館收拾上船，只說了一兩句話便出來；轉兒望望我，沒說什麼，阿九是和祖母說什麼去了。我回頭看了他們一眼，硬着頭皮走了。後來妻告訴我，阿九

背地裏向她說：「我知道爸爸歡喜小妹，不帶我上北京去。」其實這是冤枉的。他又曾和我們說，「暑假時一定來接我啊！」我們當時答應着；但現在已是第二個暑假了，他們還在迢迢的揚州待着。他們是恨着我們呢？還是惦着我們呢？妻是一年來老放不下這兩個，常常獨自暗中流淚；但我有什麼法子呢！想到「只為家貧成聚散」一句無名的詩，不禁有些淒然。轉兒與我較生疏些。但去年離開白馬湖時，她也曾用了生硬的揚州話（那時她還沒有到過揚州呢），和那特別尖的小嗓子向着我：「我要到北京去。」她曉得什麼北京，只跟着大孩子們說罷了；但當時聽着，現在想着的我，卻真是抱歉呢。這兄妹倆離開我，原是常事，離開母親，雖也有過一回，這回可是太長了；小小的心兒，知道是怎樣忍耐那寂寞來着！

　　我的朋友大概都是愛孩子的。少谷有一回寫信責備我。說兒女的吵鬧，也是很有趣的，何至可厭到如我所說；他說他真不解。子愷為他家華瞻寫的文章，真是「藹然仁者之言」。聖陶也常常為孩子操心：小學畢業了，到什麼中學好呢？ ——這樣的話，他和我說過兩三回了。我對他們只有慚愧！可是近來我也漸漸覺着自己的責任。我想，第一該將孩子們團聚起來，其次便該給他們些力量。我親眼見過一個愛兒女的人，因為不曾好好地教育他們，便將他們荒廢了。他並不是溺愛，只是沒有耐心去料理他們，他們便不能成材了。我想我若照現在這樣下去，孩子們也便危險了。我得計劃着，讓他們漸漸知道怎樣去做人才行。但是要不要他們像我自己呢？這一層，我在白馬湖教初中學生時，也曾從師生的立場上問過丏尊，他毫不躊躇地說，「自然囉。」近來與平伯談起教子，他卻答得妙，「總不希望比自己壞囉。」是的，只要不「比自己壞」就

行,「像」不「像」倒是不在乎的。職業,人生觀等,還是由他們自己去定的好;自己頂可貴,只要指導,幫助他們去發展自己,便是極賢明的辦法。

予同說,「我們得讓子女在大學畢了業,才算盡了責任。」SK說,「不然,要看我們的經濟,他們的材質與志願;若是中學畢了業,不能或不願升學,便去做別的事,譬如做工人吧,那也並非不行的。」自然,人的好壞與成敗,也不盡靠學校教育;說是非大學畢業不可,也許只是我們的偏見。在這件事上,我現在毫不能有一定的主意;特別是這個變動不居的時代,知道將來怎樣?好在孩子們還小,將來的事且等將來吧。目前所能做的,只是培養他們基本的力量——胸襟與眼光;孩子們還是孩子們,自然說不上高的遠的,慢慢從近處小處下手便了。這自然也只能先按照我自己的樣子:「神而明之,存乎其人」,光輝也罷,倒楣也罷,平凡也罷,讓他們各盡各的力去。我只希望如我所想的,從此好好地做一回父親,便自稱心滿意。——想到那「狂人」「救救孩子」的呼聲,我怎敢不悚然自勉呢?

一九二八年六月廿四日晚寫畢,北京清華園

(選自《朱自清全集》1 卷,南京:江蘇教育出版社,1988 年)

兒女
龍蟲並雕齋瑣語之十

王力

　　恰像有泥土的地方就有草木一樣，有人群的地方就有兒女。除非你終身不結婚，否則哪怕你像姜太公八十一歲娶妻，也還可能在八十二歲來一對孿生兒女的！我們鄉下最看不起獨身主義的人，說是「十個鰥夫九個怪」，因為他得不到家庭的慰藉，就免不了性情孤僻，喜歡得罪人。結了婚之後，性情最孤僻的人也會變為風流蘊藉，和藹可親。假使有了配偶之後不生兒女，豈不是夜夜元宵，年年蜜月了嗎？可惜的是，結了婚就不免要生兒女，生了兒女就不免要受兒女之累。如果你喜歡結婚而又怕生兒女，就等於喜歡吃魚而又怕口腥。如果你結了婚而還想法子使自己不生兒女，就是既不體上天好生之德，又有負國家顧復之恩，簡直是人類的蟊賊了。

　　話雖如此說，「也有辭官不想做，也有漏夜趕科場！」飽受兒女之累的人有時候雖不免想要學那郭巨埋兒，而世間不少無兒的伯道[1]卻正在那裏燒香許願，希望送子觀音來歆格[2]他那一隻肥雞和兩斤熟肉。這也難怪，孫悟空學過多年，才學會了把身上的毫毛拔下來，化為千百個「行者」，而普通一個富於生殖力的人，不

---

1. 晉鄧攸，字伯道，帶兒子和侄子逃難，途中兒子死了，以至無嗣。
2. 祭祀時鬼神享受祭品的氣味。

必學過，卻會把比毫毛更微妙的東西去實行分身之術。假使平均每代生得三男二女的話，由一化五，由五化二十五，由二十五化一百二十五，這樣下去，不到五代，兩個人可以繁殖到幾千個人之多。這樣，非但分身有術，而且可說是長生不老，因為只要代代不絕嗣，我那比毫毛更微妙的東西，就永遠生存於天地之間。說到這裏，我們該明白所謂「傳宗接祖」。拆穿了說，向送子觀音燒香許願的人，無非為的是要傳自己的種子罷了。

　　兒女一生下來就要哭，這等於表示他們是為煩擾父母而來的。然而做父母的人非但不厭惡，而且愛聽他們的哭聲，據說是愈哭得響亮愈足以表示他們有光榮的將來。桓溫之所以為「英物」，就因為他未周歲的時候很會哭。「我亦從來識英物，試教啼看定何如？」蘇東坡這兩句詩也是想從這哭的上頭去恭維朋友生得好兒子。但是，儘管是貝多芬的名曲，天天聽也會膩了的，何況小少爺或小姑娘的聲音是那樣單調呢？無可奈何，做爹娘的只好在那細嫩的小屁股上替那不大好聽的 melody[3] 按拍子。如果你有兩個小孩，那更糟了，有時候雙音並奏，說是 duet[4] 罷，聲音並不齊一；說是 harmony[5] 罷，聲音也不諧和，只好說是亂彈。如果你有五個以上的小兒女，更可以來一個令人啼笑皆非的 chorus[6]。那時節，你恨不得數說送子觀音的十大罪狀，打碎了她的金身，焚毀了她的廟貌，方始甘心！

3.　旋律。
4.　二重唱。
5.　和聲。
6.　大合唱。

有小兒女的人，最好不要和人家同住在一個院子裏。在你自己看來雖然是「癲痫頭兒子自家好」，在人家看來，卻處處都是討厭的地方。且休說損壞了人家的東西，只說弄髒了人家的沙發，或把一隻茶杯略為移動，那愛整潔的主人已經是感覺得不稱心。尤其是在兒女對爹娘大鬧特鬧的時候，一個是「手執鋼鞭將你打」，一個是「短笛無腔信口吹」。知道情由的人說是先吹後打，不打是覺得討厭而已；不知道情由的人一定以為先打後吹，於是斷定你的脾氣太壞，野蠻，欠教育，你的名譽也因此受了損害了。

　　關於管教兒女，爹和娘往往不能採取同一的政策。普通說是「父嚴母慈」，實際上有些人家是「父慈母嚴」。無論誰慈誰嚴，每人心裏一部不相同的 penal code[7] 總是容易引起糾紛的。同是一件事，爹爹說該把小寶寶關在黑房裏，媽媽說只該罰站五分鐘；在另一個家庭裏，媽媽要把阿毛打二十下手心，爹爹卻認為應該特赦。再者，對於各兒女的愛憎，爹和娘也很難一致。並不一定是異母弟兄；我們往往看見同胞的沉香和秋兒[8]，也使爹娘演出「二堂訓子」的趣劇。夫婦在兒女的管教上意見不合，因而反目，甚至於要鬧離婚，並不是十分罕見的事。愛情的結晶也能傷愛情，摩登夫婦對於這種事是不能不好好地處理的。

　　但是，在管教的方法上盡有爭論，而愛護兒女的總是一樣的。當賈寶玉被打得皮開肉綻的時候，抱住板子的王夫人固然流淚，而執行家法的賈政也未嘗不傷心。所謂「打在兒身，痛在娘心」至少在一般情形是如此。儒家懸為鵠的的「孝」字，很少有人做到，有

---

7. 刑法。
8. 京劇《二堂訓子》中前妻與後妻的孩子。

人說疼愛後代即所以報答親恩，亦即算是盡孝，這種「孝」就很多人能做到了。《二十四孝》當中的負米，懷桔，扇枕，打虎，臥冰求鯉，哭竹生筍，為了爹娘而做這些事未免面有難色，如果為了兒女，簡直是雖萬死而不辭。至於老萊子的斑斕彩衣娛高堂雖頗欠時髦，娛兒女則堪稱洋化。據說從前法國的國王亨利第四在房裏和他的兒女們嬉戲，四肢着地，把其中一個小孩馱在背上，恰巧西班牙的大使進來看見，詫異得很。亨利問道：「大使，你有小孩沒有？」那大使答道：「有的，陛下。」亨利道：「既然如此，我可以在房裏兜完這一個圈子了。」這種娛兒女的風氣正值得我們提倡。

跟着疼愛的心理就產生了為兒女謀幸福的心理。儘管有人說：「兒孫自有兒孫福，莫替兒孫作馬牛。」但是，當此人說此話的時候，已經做了馬牛不止一次！父母對於兒女的心情，簡直是一種宗教：兒子就是一個如來佛，女兒就是一個觀世音。其實這又何妨？國家需要的是壯丁，並不需要老朽，珍重地愛護二十年後的國家戰士，正是未可厚非。假使有人提出「將慈作孝」的口號來，我是要舉雙手贊同的。

（選自《龍蟲並雕齋瑣語》，北京：中國社會科學出版社，1982 年）

孩子

梁實秋

　　蘭姆是終身未娶的，他沒有孩子，所以他有一篇〈未婚者的怨言〉收在他的《伊利亞隨筆》裏。他說孩子沒有什麼希奇，等於陰溝裏的老鼠一樣，到處都有，所以有孩子的人不必在他面前炫耀。他的話無論是怎樣中肯，但在骨子裏有一點酸——葡萄酸。

　　我一向不信孩子是未來世界的主人翁，因為我親見孩子到處在做現在的主人翁。孩子活動的主要範圍是家庭，而現代家庭很少不是以孩子為中心的。一夫一妻不能成為家，沒有孩子的家像是一株不結果實的樹，總缺點什麼；必定等到小寶貝呱呱墮地，家庭的柱石才算放穩，男人開始做父親，女人開始做母親，大家才算找到各自的崗位。我問過一個並非「神童」的孩子：「你媽媽是做什麼的？」他說：「給我縫衣的。」「你爸爸呢？」小寶貝翻翻白眼：「爸爸是看報的！」但是他隨即更正說：「是給我們掙錢的。」孩子的回答全對。爹媽全是在為孩子服務。母親早晨喝稀飯，買雞蛋給孩子吃；父親早晨吃雞蛋，買魚肝油精給孩子吃。最好的東西都要獻呈給孩子，否則，做父母的心裏便起惶恐，像是做了什麼大逆不道的事一般。孩子的健康及其舒適，成為家庭一切設施的一個主要先決問題。這種風氣，自古已然，於今為烈。自有小家庭制以來，孩子的地位頓形提高。以前的「孝子」是孝順其父母之子，今之所謂「孝子」乃是孝順其孩子之父母。孩子是一家之主，父母都要孝他！

「孝子」之說，並不偏激。我看見過不少的孩子，鼓噪起來能像一營兵；動起武來能像械鬥；吃起東西來能像餓虎撲食；對於尊長賓客有如生番；不如意時撒潑打滾有如羊癇；玩得高興時能把家具什物狼藉滿室，有如慘遭洗劫；……但是「孝子」式的父母則處之泰然，視若無睹，頂多皺起眉頭，但皺不過三四秒鐘仍復堆下笑容，危及父母的生存和體面的時候，也許要狠心咒罵幾聲，但那咒罵大部分是哀怨乞憐的性質，其中也許帶一點威嚇，但那威嚇只能得到孩子的訕笑，因為那威嚇是向來沒有兌現過的。「孟懿子問孝，子曰：『無違。』」今之「孝子」深體是說。凡是孩子的意志，為父母者宜多方體貼，勿使稍受挫阻。近代兒童教育心理學者又有「發展個性」之說，與「無違」之說正相符合。

體罰之制早已被人唾棄，以其不合兒童心理健康之故。我想起一個外國的故事：

一個母親帶孩子到百貨商店。經過玩具部，看見一匹木馬，孩子一躍而上，前搖後擺，躊躇滿志，再也不肯下來。那木馬不是為出售的，是商店的陳設。店員們叫孩子下來，孩子不聽；母親叫他下來，加倍不聽；母親說帶他吃冰淇淋去，依然不聽；買朱古律糖去，格外不聽。任憑許下什麼願，總是還你一個不聽；當時演成僵局，頓成膠着狀態。最後一位聰明的店員建議說：「我們何妨把百貨商店特聘的兒童心理學專家請來解圍呢？」眾謀僉同，於是把一位天生成有教授面孔的專家從八層樓請了下來。專家問明原委，輕輕走到孩子身邊，附耳低聲說了一句話，那孩子便像觸電一般，滾鞍落馬，牽着母親的衣裙，倉皇遁去。事後有人問那專家到底對孩

子説的是什麼話，那專家説：「我説的是：『你若不下馬，我打碎你的腦殼！』」

這專家真不愧為專家，但是頗有不孝之嫌。這孩子假如平常受慣了不兑現的體罰，威嚇，則這專家亦將無所施其技了。約翰孫博士主張不廢體罰，他以為體罰的妙處在於直截了當，然而約翰孫博士是十八世紀的人，不合時代潮流！

哈代有一首小詩，寫孩子初生，大家譽為珍珠寶貝，稍長都誇做玉樹臨風，長成則為非做歹，終至於陳屍絞架。這老頭子未免過於悲觀。但是「幼有神童之譽，少懷大志，長而無聞，終乃與草木同朽」──這確是個可以普遍應用的公式。「小時聰明，大時未必了了。」究竟是知言，然而為父母者多屬樂觀。孩子才能騎木馬，父母便幻想他將來指揮十萬貔貅時之馬上雄姿；孩子才把一曲抗戰小歌哼得上口，父母便幻想着他將來喉聲一囀彩聲雷動時的光景；孩子偶然撥動算盤，父母便暗中揣想他將來或能掌握財政大權，同時兼營投機買賣；……這種樂觀往往形諸言語，成為炫耀，使旁觀者有説不出的感想。曾見一幅漫畫：一個孩子跪在他父親的膝頭用他的玩具敲打他父親的頭，父親眯着眼在笑，那表情像是在宣告「看看！我的孩子！多麼活潑，多麼可愛！」旁邊坐着一位客人裂着大嘴做傻笑狀，表示他在看着，而且感覺興趣。這幅畫的標題是：「演劇術」。一個客人看着別人家的孩子而能表示感覺興趣，這真確實需要良好的「演劇術」。蘭姆顯然是不歡喜演這樣的戲。

孩子中之比較最蠢，最懶，最刁，最潑，最醜，最弱，最不討人歡喜的，往往最得父母的鍾愛。此事似頗費解，其實我們應該記得《西遊記》中唐僧為什麼偏偏歡喜豬八戒。

諺云：「樹大自直」，意思是說孩子不需管教，小時恣肆些，大了自然會好。可是彎曲的小樹，長大是否會直呢？我不敢説。

（選自《雅舍小品》，香港：碧輝圖書公司，1936 年）

給一個喜歡騎馬的女孩

秦牧

我在這裏寫的是一封無法投遞的信。

這個女孩叫什麼名字，我並不知道。

她現在在什麼地方，我也不知道。

甚至，說她是女孩，也是不貼切的。算起來，她現在應該有二十三四歲，是個大姑娘了。不過當我見她一面時，她還是個女孩。

我寫這封信，是給她的（但願她能夠讀到），也是給某個年紀的一代人的。因為無法投遞，只好拿到雜誌上來發表了。

我想寫這封信，已經有十多年的時間了，構思一部小說，有時也未必需要花費這麼悠長的光陰。但是，我很久沒有下筆，因為回憶是痛苦的，追述這些令人愴神的往事，滋味並不好受。但是不寫嗎，這類事件又不斷咬齧着自己的心靈。雖然欲說還休，結果還是想把鯁在喉嚨的這根魚刺吐掉。

我已經寫了一頁紙了，人們讀來可能還不知道我究竟想說什麼。為了讓看到這封信的所有的人弄清楚，我得把事情從頭說起。

一九六七年，也就是所謂「文化大革命」開始的第二年，我們這些住在「牛欄」（北方則叫做「牛棚」）的被審查的人，正在過

着苦難的日子。自從報上捏造了一大堆罪名，把我化裝成一個魔鬼以後，連我自己也不知道我究竟給塞到什麼地方去，我的日子就很不好過了。幾千人衝進我的住宅，把門捶爛了，把一些較好的用具搶走了。那個家庭我已無法容身了，我們，即所謂「審查對象」，集中住到機關，受着無休無止的凌辱和鬥爭。我們上街，有人來剪我們的頭髮和衣裳。我們在院子裏掃地，幼兒園的小娃娃要圍着我們唱辱罵的歌，因為阿姨教育他們這就是「突出政治」。我們到街上勞動，有人呼喊「打倒」！人們圍觀着，像看非洲或者蘇門答臘新到的猩猩一樣。我們在曠地上用錘子砸磚，偶一離開休息，又有人把死老鼠丟在我們的凳子上，使我們無法再坐下去。總之，一切事情都變得光怪陸離、奇形怪狀了。這使我想起第二次世界大戰的時候，納粹的飛機炸爛了英國一座瘋人院的圍牆，成群瘋子湧了出來，對着汽車和行人伸舌頭，搖腦袋，手舞足蹈，怪聲高叫的情景。當時，中國的瘋人院大概也已經崩了圍牆，社會上才會出現那麼多令人觸目驚心、完全莫測高深的景象。自然，到了現在，我們生活裏又有了陽光，因此我可以如實來描述這一切。如果是在那個不幸的歲月，僅僅是實事求是地寫下客觀事物的真相，就足夠招惹一排子彈貫穿我的胸膛了。當時，我遭受了自從在小學伸出手掌來給老師打掌以後四十年從未受過的侮辱，只覺得中國的一切都突然變得不可理解起來。我默默地把一首詩寫在自己的心頭，裏面有兩句是：「沉默十年觀世變，看它大地走龍蛇。」而自己，也忽地變成一個非常沉默的人了。

自然，那時我們並不知道歷史以後將怎樣發展；也不知道在現實的幕布後面，有什麼宏偉計劃或陰謀詭計在進行。不知道一批老革命家，包括國家主席和若干元帥的遭遇，比我們這些區區之輩所

遭受的還要悲慘千百倍。自然，更不知道，當時高高在上，指手劃腳，操着無數人生殺予奪大權的人物中有人要聲望一落千丈，以至變成蒙古草原的骨炭和歷史上的狗屎堆。但是有一點我是清楚不過的，那就是：這種百般凌辱老幹部的局面，不管有人怎樣張開喉嚨聲嘶力竭大喊「就是好，就是好」，「大方向始終是正確的」，歷史必將給它一個公正的裁判和嚴厲的答案。同時，如果説還有什麼領悟的話，我也還明白了：為什麼有那麼多人情願自殺，因為死有時是比活着要幸福得多了。在那個不幸的年代，和我握過手、談過話的人約莫自殺了二十人。連我也一隻腳跨上了自殺的門檻，幾乎第二隻腳也跨過去了。至於我不認識的人自殺了多少，我可就無法統計。至於不是自殺，而是各種各樣方式的「不正常死亡」的人究竟有多少，就更不是我所知道的了。我想，甚至國家統計部門也未必知道。

我這裏只是輕描淡寫一下當時的氣氛，詳細描寫那段悲慘歲月的情景，得有幾部大書才行。我所以得描述一下那種情景，因為，我要寫信給她的那個女孩的行動，就是在這樣的環境和氣氛中產生的。

一天，我們被用卡車運到一個地方（我記得那個地方叫做區莊五號）去勞動。那裏有二十幢屋子，我們一行，即所謂「被審查的人」被送到那裏去，把家具、報紙，從一間屋子搬到另一間屋子。我們把一疊疊報紙，搬了又搬，從甲樓搬到乙樓，一陣子工夫，灰塵就把我們的衣服染污了，我們的喉嚨也給嗆住了。在我們精疲力竭，休息一陣子的當兒，你，一個樣子長得很清秀的小姑娘走到我們身旁。

你端詳了我們一陣子，明白這是一群可以任意笑罵的人。我不知道你為什麼知道我的名字，你忽然高喊起來：「秦牧，你做馬讓我騎一騎！」我不知道你為什麼會想到這樣的玩意，是看過什麼人物的傳記，說他們曾伏身當馬，讓孩子們騎着玩呢？還是看過表現西藏農奴生活的影片，裏面有過奴隸主要農奴跪在地上，讓他踏着騎到馬背上的一幕？我當場作色拒絕了，於是你突然兇惡起來，搶上前來奪我的眼鏡，把它拋到地上，然後悻悻地走了。

　　我們的相見和關係，就是這麼一會兒，前後也不過二十分鐘。但是，非常奇怪，你的微笑，你的兇惡，竟長期留在我的心頭。

　　這對我自然是個侮辱，但是，在那個年頭，這也不算太了不起的侮辱。而且，事實上，你也並沒有真正騎到我的背上。那時候，我知道有大量希望把國家搞好、心地善良的好人，被人愚弄了。但我也見到一些兇惡猙獰、心術不正的人。對於後者，我並不怎樣去回憶他們。我以為，如果他們一步步走下去，法律是會來管束他們的吧！歷史的發展，生活的邏輯，終究也是會給他們一點教訓的吧！但是，你這個小姑娘以後發展怎樣，卻常常使我思念。我自己問自己：為什麼總愛想這件事，是不是很恨這個小姑娘？我自問自答，畢竟找到了答案。我總愛想起它，並非由於特別的恨，很奇怪，事後我只覺得可笑可悲，竟沒有恨意了。我一步步地追問自己之後，終於想到：這件事始終使我縈回心頭，實際並不是對你，而是對於一個世代的兒童，在那年頭所受到的惡劣影響的感嘆和憂慮。

　　當時，中國是怎麼一個面貌呢？似乎已經不是無產階級專政，而是一批青少年在專政。或者，說是有幾個玩傀儡戲似的人物，藏身在一個權力系統裏面，假手一批青少年出面專政也可以。我知

道，在那些日子裏，一些青少年用石子打瞎人家的眼睛，隨便打爛人家的玻璃窗，以至於用剪刀剪壞人家的衣裳，更甚的，發明各種私刑，例如把人家的腦袋按進水裏，直至把人嗆死，都是竟然可以無罪的。

這種風氣，對於整整一個世代的青少年的敗壞，該有多麼可怕！親自動手做的，看人家做的，這樣的青少年，該有一個很大很大的數量吧？他們長大以後，會變成怎樣的人呢？把虐人取樂，目無法紀，當做家常便飯的人，不願改正的話，將會變成怎樣的角色呢？

那時候，老早就有人預見到：青少年犯罪問題，將會成為中國的嚴重問題。他們不幸而言中了。一顆彗星拖着一條長長的尾巴，一個歷史的大悲劇也拖着一條長長的尾巴，它是由許許多多的社會小悲劇構成的。

人們常常痛罵林彪、「四人幫」一夥，他們對許多中年人、老年人進行了殘酷的迫害。但是，實際上，青少年被敗壞、受創傷的程度，甚至超過老年人。有一些青年人後來走上了無惡不作、殺人越貨的道路，在他們被押上刑場處決的當兒，也還沒有想到：是一隻什麼黑手挑起了他們的獸性，把他們推上這條死路的。這事情常常使我想到這麼一幕情景：當大風刮起的時候，把樹上的鳥巢掀了下來。巢裏的小鳥跌死了，它們實際上羽毛尚未豐滿，甚至還沒有開眼。

比喻是蹩腳的。情節惡劣的犯罪分子當然罪有應得，但是某些人的情形，和這種未曾開眼的小鳥被大風掀下來，不也略有相似之處嗎！

喜歡騎馬的小姑娘！我不知道你現在長得怎樣了？也許你已經覺悟過來，清除了那種種惡劣的影響，成為一個品行良好、工作積極的青年。也許你已經走上犯罪的道路，講一口粗言穢語，成為一個放浪形骸，對什麼都漠不關心，只對吃喝玩樂感到興趣的角色。你也許對要求別人伏地當馬給你乘騎的事已經完全忘卻，星期天高高興興去逛公園，快快樂樂地在談戀愛了。但也許你還記得那一回事，有時也偶爾有點內疚的心情。我對這一切已經無從獲知了。因為即使在火車上、戲院裏，我們有機會坐在一起，歲月如流，你我也都已互不認識了。

　　我希望你會成長為一個較好的人，人間高尚的思想能夠照進你的心胸。那麼我寫這封信，也就有一丁點兒價值。高尚的，能夠愛人民，愛真理，愛正義的思想並不是每個人都有的；即使這個人在經濟地位上屬於人民內部也罷。有一些人，崇高思想的光輝從來不曾在他的腦海裏閃亮過，就像深深的黑暗岩洞，從來沒有照進過陽光一樣。有些人，為什麼早上還是人民一分子，晚上就成了人民兇惡的敵人呢？原因就在這裏。

　　剝削階級社會是一個把剝削、掠奪、騎在別人脖子上、不管別人死活當做金科玉律的社會。長期的剝削階級社會形成了嚴重的影響，使許多人把侵害他人正當生存權利視為家常便飯，把欣賞別人的痛苦當做文娛生活。歷史上密密麻麻記載了吃人肉、剝人皮，用人家的頭蓋骨做碗子，用人皮、人頭做美術品一類的事情。在這樣的社會裏，虐待狂表現於許許多多方面，以至於滲透到人們日常生活中去。我幼年時看到：當元宵舞龍的時候，有錢人把燃着了的爆竹，投向赤裸着上體舞龍的漢子身上取樂的情景，心裏感到非常痛

苦。長大以後，我才知道這類的娛樂遍及全世界。鬥牛、拳擊、不設網具的「空中飛人」遊戲，把原本正常的人折磨成畸形人到處去展覽之類就是。如果在鬥牛場上有一個鬥牛士被牛角戳得鮮血淋漓了，拳擊場上有一個拳師給活活毆斃了，觀眾中就必有一批卑鄙的狂熱分子感到格外興高采烈。就正像古代羅馬的奴隸主坐在鬥獸場上欣賞獅子把人吃掉一樣。流風餘韻，它一直影響到現在。在一個封建影響嚴重的國家，野蠻習俗就更有勢力。剝削階級的代表者是用這種娛樂來陶冶自己的「性靈」的。就正像小貓玩弄絨線球有利於鍛鍊捕鼠本領一般。黨領導人民推翻了舊社會，建立了新社會之後，這種歷史遺留下來的惡習被清除了不少，但是仍然支配着相當數量的人。在中國當代史上不幸的血腥十年之間，無數的悲劇和這一點有密切的關連。許多人仗着當時奇特的政治環境，可以任意胡為，就無所不用其極地發展自己的虐待狂了。儘管我自己並沒遭受很大的肉體上的痛楚，但是當時出現的慘劇，即使僅僅就我所聽到的，我都無力描繪它。我只能夠說：它和中世紀式的野蠻事物，比較起來，竟毫不遜色。

你也許會說，那時是在「審查」呀，「革命不是繡花」呀，什麼什麼的。革命固然不是繡花，但革命更不是獸性的發洩。如果可以任意用中世紀式的酷刑來對待被橫加上莫須有罪名的革命幹部，持有這樣觀念的人，他們本身究竟是什麼人，倒是值得我們大加注意了。一聲「審查」，就可以如狼似虎，窮兇極惡，草菅人命，行同匪特，這樣的人究竟是什麼貨色呢？歷史圖窮匕現了，大肆推行這麼一套醜惡東西的傢伙，如林彪、「四人幫」之輩，後來紛紛露出了原形，他們本身原來正是人民真正的兇惡敵人。

我對我們正在向現代化進軍的社會是有一個隱憂的。一些極其殘酷的暴虐者，草菅人命者，在他們發揮了他們的獸性，以打手的姿態對待革命者，毆人致死，使人殘廢以後，像狼把尾巴塞進腿縫，又化裝成「狼外婆」一樣，到處去敲門了。他們化裝成個沒事人一般，繼續在充當「革命者」。這樣的「革命者」，是多麼可怕呵！這些人是中國社會的腫瘤細胞。我深深為祖國的肌體上有這種腫瘤細胞而憂心忡忡。聽說，歐洲一個馬戲團有一次逃出了一隻熊，這熊是會穿着婦女衣服，挎個籃子演戲的。它逃出去的時候，也是這麼一個扮相，以至於人們在路上和它相遇，不禁大吃一驚。這種劊子手式的，不是一般輕度粗暴的人物，我覺得和這麼一隻混入人叢的熊很相似。只是從它的數量和扮相來說，更加令人可怕罷了。

　　喜歡騎馬的姑娘，我寫這封信給你，是什麼意思呢？無它，希望你，以及和你類似的一代，曾經呼吸過那血腥歲月的毒塵的人，能夠認識那種毒塵的來源和性質，自覺清除它們，這才有利於成長為一個健康的人。我不相信一個絲毫沒有革命人道主義精神的人會是一個共產主義者（他既不把別人的死活和正當的生存權利當做一回事，他何必去為廣大人民的幸福奮鬥呢）！即使把我打死我也不會相信。我也不相信共產主義可以不包括革命人道主義，不包括革命人道主義的共產主義是怎麼一種東西，我半點也不了解。

　　「人道主義」在我們的國家裏，是一個曾經橫遭踐踏，蒙受恥辱的字眼，有人把它都推給資產階級了。這些論客真是資產階級最好的捧場者！為什麼可以有資產階級的人道主義，就不可以有無產階級的人道主義呢？可以有虛偽的人道主義，就不可以有真正的革命的人道主義呢？

十年的血腥教訓，我愈發認識到革命人道主義這六個大字的熠熠光輝。

　　和這個字眼相對立的，該是獸道主義吧！

　　我盡力保持平靜來寫這封信，但是，在你們看來，可能仍然感到我有點激動。這是一點也不奇怪的。因為，畢竟我是血肉之軀的人，有思想、有感情，不是一個木偶，也不是一塊石頭。

一九八〇年

（選自《秦牧自選集》，廣州：花城出版社，1984 年）

風箏

魯迅

　　北京的冬季，地上還有積雪，灰黑色的禿樹枝丫叉於晴朗的天空中，而遠處有一二風箏浮動，在我是一種驚異和悲哀。

　　故鄉的風箏時節，是春二月，倘聽到沙沙的風輪聲，仰頭便能看見一個淡墨色的蟹風箏或嫩藍色的蜈蚣風箏。還有寂寞的瓦片風箏，沒有風輪，又放得很低，伶仃地顯出憔悴可憐模樣。但此時地上的楊柳已經發芽，早的山桃也多吐蕾，和孩子們的天上的點綴相照應，打成一片春日的溫和。我現在在哪裏呢？四面都還是嚴冬的肅殺，而久經訣別的故鄉的久經逝去的春天，卻就在這天空中蕩漾了。

　　但我是向來不愛放風箏的，不但不愛，並且嫌惡他，因為我以為這是沒出息孩子所做的玩藝。和我相反的是我的小兄弟，他那時大概十歲內外罷，多病，瘦得不堪，然而最喜歡風箏，自己買不起，我又不許放，他只得張着小嘴，呆看着空中出神，有時至於小半日。遠處的蟹風箏突然落下來了，他驚呼；兩個瓦片風箏的纏繞解開了，他高興得跳躍。他的這些，在我看來都是笑柄，可鄙的。

　　有一天，我忽然想起，似乎多日不很看見他了，但記得曾見他在後園拾枯竹。我恍然大悟似的，便跑向少有人去的一間堆積雜物的小屋去，推開門，果然就在塵封的什物堆中發見了他。他向着大方凳，坐在小凳上；便很驚惶地站了起來，失了色瑟縮着。大方凳旁靠着一個胡蝶風箏的竹骨，還沒有糊上紙，凳上是一對做眼睛

用的小風輪，正用紅紙條裝飾着，將要完工了。我在破獲秘密的滿足中，又很憤怒他的瞞了我的眼睛，這樣苦心孤詣地來偷做沒出息孩子的玩藝。我即刻伸手折斷了胡蝶的一支翅骨，又將風輪擲在地下，踏扁了。論長幼，論力氣，他是都敵不過我的，我當然得到完全的勝利，於是傲然走出，留他絕望地站在小屋裏。後來他怎樣，我不知道，也沒有留心。

然而我的懲罰終於輪到了，在我們離別得很久之後，我已經是中年。我不幸偶而看了一本外國的講論兒童的書，才知道遊戲是兒童最正當的行為，玩具是兒童的天使。於是二十年來毫不憶及的幼小時候對於精神的虐殺的這一幕，忽地在眼前展開，而我的心也彷彿同時變了鉛塊，很重很重的墮下去了。

但心又不竟墮下去而至於斷絕，他只是很重很重地墮着，墮着。

我也知道補過的方法的：送他風箏，贊成他放，勸他放，我和他一同放。我們嚷着，跑着，笑着。——然而他其時已經和我一樣，早已有了鬍子了。

我也知道還有一個補過的方法的：去討他的寬恕，等他說，「我可是毫不怪你呵。」那麼，我的心一定就輕鬆了，這確是一個可行的方法。有一回，我們會面的時候，是臉上都已添刻了許多「生」的辛苦的條紋，而我的心很沉重。我們漸漸談起兒時的舊事來，我便敍述到這一節，自說少年時代的胡塗。「我可是毫不怪你呵。」我想，他要說了，我即刻便受了寬恕，我的心從此也寬鬆了罷。

「有過這樣的事麼？」他驚異地笑着說，就像旁聽着別人的故事一樣。他什麼也不記得了。

全然忘卻，毫無怨恨，又有什麼寬恕之可言呢？無怨的恕，説謊罷了。

　　我還能希求什麼呢？我的心只得沉重着。

　　現在，故鄉的春天又在這異地的空中了，既給我久經逝去的兒時的回憶，而一併也帶着無可把握的悲哀。我倒不如躲到蕭殺的嚴冬中去罷，——但是，四面又明明是嚴冬，正給我非常的寒威和冷氣。

一九二五年一月廿四日

（選自《魯迅全集》2 卷，北京：人民文學出版社，1981 年）

頹敗線的顫動

魯迅

　　我夢見自己在做夢。自身不知所在，眼前卻有一間在深夜中緊閉的小屋的內部，但也看見屋上瓦松的茂密的森林。

　　板桌上的燈罩是新拭的，照得屋子裏分外明亮。在光明中，在破塌上，在初不相識的披毛的強悍的肉塊底下，有瘦弱渺小的身軀，為飢餓，苦痛，驚異，羞辱，歡欣而顫動。弛緩，然而尚且豐腴的皮膚光潤了；青白的兩頰泛出輕紅，如鉛上塗了胭脂水。

　　燈火也因驚懼而縮小了，東方已經發白。

　　然而空中還彌漫地搖動着飢餓，苦痛，驚異，羞辱，歡欣的波濤……。

　　「媽！」約略兩歲的女孩被門的開闔聲驚醒，在草席圍着的屋角的地上叫起來了。

　　「還早哩，再睡一會罷！」她驚惶地説。

　　「媽！我餓，肚子痛。我們今天能有什麼吃的？」

　　「我們今天有吃的了。等一會有賣燒餅的來，媽就買給你。」她欣慰地更加緊捏着掌中的小銀片，低微的聲音悲涼地發抖，走近屋角去一看她的女兒，移開草席，抱起來放在破榻上。

　　「還早哩，再睡一會罷。」她説着，同時抬起眼睛，無可告訴地一看破舊的屋頂以上的天空。

空中突然另起了一個很大的波濤，和先前的相撞擊，回旋而成旋渦，將一切並我盡行淹沒，口鼻都不能呼吸。

　　我呻吟着醒來，窗外滿是如銀的月色，離天明還很遼遠似的。

　　我自身不知所在，眼前卻有一間在深夜中緊閉的小屋的內部，我自己知道是在續着殘夢。可是夢的年代隔了許多年了。屋的內外已經這樣整齊；裏面是青年的夫妻，一群小孩子，都怨恨鄙夷地對着一個垂老的女人。

　　「我們沒有臉見人，就只因為你，」男人氣忿地説。「你還以為養大了她，其實正是害苦了她，倒不如小時候餓死的好！」

　　「使我委屈一世的就是你！」女的説。

　　「還要帶累了我！」男的説。

　　「還要帶累他們哩！」女的説，指着孩子們。

　　最小的一個正玩着一片乾蘆葉，這時便向空中一揮，彷彿一柄鋼刀，大聲説道：

　　「殺！」

　　那垂老的女人口角正在痙攣，登時一怔，接着便都平靜，不多時候，她冷靜地，骨立的石像似的站起來了。她開開板門，邁步在深夜中走出，遺棄了背後一切的冷罵和毒笑。

　　她在深夜中盡走，一直走到無邊的荒野；四面都是荒野，頭上只有高天，並無一個蟲鳥飛過。她赤身露體地，石像似的站在荒野的中央，於一刹那間照見過往的一切：飢餓，苦痛，驚異，羞辱，歡欣，於是發抖；害苦，委屈，帶累，於是痙攣；殺，於是平

靜。……又於一剎那間將一切併合：眷念與決絕，愛撫與復仇，養育與殲除，祝福與咒詛……。她於是舉兩手盡量向天，口唇間漏出人與獸的，非人間所有，所以無詞的言語。

當她說出無詞的言語時，她那偉大如石像，然而已經荒廢的，頹敗的身軀的全面都顫動了。這顫動點點如魚鱗，每一鱗都起伏如沸水在烈火上；空中也即刻一同振顫，彷彿暴風雨中的荒海的波濤。

她於是抬起眼睛向着天空，並無詞的言語也沉默盡絕，唯有顫動，輻射若太陽光，使空中的波濤立刻回旋，如遭 風，洶湧奔騰於無邊的荒野。

我夢魘了，自己卻知道是因為將手擱在胸脯上了的緣故；我夢中還用盡平生之力，要將這十分沉重的手移開。

一九二五年六月廿九日

（選自《魯迅全集》2 卷，北京：人民文學出版社，1981 年）

老實説了吧

劉半農

　　老實説了吧，我回國一年半以來，看來看去，真有許多事看不入眼。當然，有許多事是我在外國時早就料到的，例如康有為要復辟，他當然一輩子還在鬧復辟；隔壁王老五要隨地唾痰，他當然一輩子還在哈而啵；對門李大嫂愛包小腳，當然她令愛小姐的鴨子日見其金蓮化。

　　但如此等輩早已不打在我們的帳裏算，所以不妨説句乾脆話，聽他們去自生自滅，用不着我們理會。若然他們要加害到我們——譬如康有為的復辟成功了，要叫我們留辮子，「食毛踐土」——那自然是老實不客氣，對不起！

　　如此等輩既可以一筆勾消，餘下的自然是一般與我們年紀相若的，或比我們年紀更輕的青年了。

　　我不敢冤枉一般的青年，我的確知道有許多青年是可敬，可愛，而且可以説，他們的前途是異常光明的，他們將來對於社會所建立功績，一定是值得紀錄的。

　　但我並不敢説凡是中國的青年都是如此，至少至少，也總可以找出一兩個例外來。

　　我所説看不入眼的，就是這種的例外貨。

　　瞧，這就是他們的事業：

功是不肯用的，換句話說，無論何種嚴重的工作，都是做不來的。舊一些的學問麼，那是國渣，應當扔進毛廁；那麼新一些的罷，先說外國文，德法文當然沒學過，英文呢，似乎識得幾句，但要整本的書看下去，可就要他的小命。至於專門的學問，那就不用提，連做敲門磚的外國文都弄不來，還要說到學問的本身麼？

事實是如此，而「事業」卻不可以不做，於是乎轟轟烈烈的事業就做了出來了。

文句不妨不通，別字不妨連篇，而發表則不可須臾緩，

有什麼了不得的東西可以發表呢？有！ ——

悲哀，苦悶，無聊，沉寂，心弦，蜜吻，A姊，B妹，我的愛，死般的，火熱的，熱烈地，溫溫地，……顛而倒之，倒而顛之，寫了一篇又一篇，寫了一本又一本。

再寫一些，

好了

悲哀，苦悶，無聊……又是一大本。

然而終於自己也覺得有些單調了，於是乎罵人。

A是要不得的；B從前還好，現在墮落的不可救藥的了；再看C罷，我說到了他就討厭，他是什麼東西！……這樣那樣，一湊，一湊又是一大本。

叫悲哀最可以博到人家的憐憫，所以身上穿的是狐皮袍，口裏咬的是最講究的外國煙，而筆下悲鳴，卻不妨說窮得三天三夜沒吃着飯。

罵人最好不在人家學問上罵，因為要罵人家的學問不好，自己先得有學問，自己先得去讀書，那是太費事了。最好是說，這人如何腐敗，如何開倒車，或者補足一筆，這人的一些學問，簡直值不得什麼，不必理會。這樣，如其人家有文章答辯，那自然是最好；如其人家不睬，卻又可以說，瞧，不是這人給我罵服了！總而言之，罵要罵有名一點的，罵一個有名的，可以抵罵 100 個無名的。因為罵人的本意，只是要使社會知道我比他好，我來教訓他，我來帶他上好的路上去。所以他若是個有名人，我一罵即跳過了他的頭頂。

既然是「為罵人而罵人」，所以也就不妨離開了事實而瞎罵。我要罵 A 先生的某書是狗屁，實際我竟可以不知道這書是一本還是兩本。我要罵 B 先生住了高大洋房搭臭架子，實際他所住的盡可以是簡陋的小屋——這也是他的錯，他應當馬上搬進高大洋房以實吾言才對。

哎喲，算了吧，我對於此等諸公，只有「嗚呼哀哉」四字奉敬。

你們口口聲聲說努力於這樣，努力於那樣，實際你們所努力的只是個「無有」。

你們真要做個有用的青年麼？請聽我說：

第一，你們應當在誠實上努力，無論道德的觀念如何變化，卻從沒有把說謊當作道德的信條的。請你們想想，你們文章中，自假哭以至瞎跳瞎罵，能有幾句不是謊？

第二，你們要做人，須得好好做工，懶惰是你們的致命傷。你要到民間去麼，掮上你的鋤頭；你要革命麼，掮上你的槍；你要學

問麼，關你的門，讀你的書；你要做小說家做詩人麼，仔細的到社會中去研究研究，用心看看這社會，是不是你們那一派百寫不厭的悲哀，苦悶，無聊，……等濫調所能描寫得好，發揮得好的。再請你看一看各大小說家大詩人的作品，是不是你們的那一路貨！

　　算啦，再說下去也自徒然，我又何必白費？新年新歲，敬祝諸君好自為之！

十六年一月十日北京

（選自《劉半農文選》，北京：人民文學出版社，1986 年）

「老實說了」的結束

劉半農

關於〈老實說了〉的文章，登到昨天已登了 18 篇了。剩下的稿子雖然還有三五篇，卻因內容大致是相同的，不打算發表了。（只有杜棠君的一篇〈為老實說了罷註釋〉，說我之所以要做「老實說了罷」，由於《幻洲》第六期中潘某罵我之不根據事實，意想似乎別致些。其實這個揣想是不盡真確的。潘某之罵人，並不必到了第六期中才沒有根據事實。他說我的《揚鞭集》用中國裝訂是釘徐志摩的梢，早就大錯。新書用舊裝，起於我的《中國文法通論》。這書出版於民國八年。並不像宋板元版那樣渺茫，而潘某竟沒有看見，是誠不勝遺憾之至！）

登了這麼些的文章，要說的話似乎都已給人家說盡，我要再說幾句，的確很難。但不說幾句又不好，無可如何，只能找幾句人家沒有說過的話說一說。

我說：這回的討論，結果是當然不會有的。但結果盡可以沒有，而能借此對於青年們的意志作一番測驗工夫，也就不能說不上算。

於是，我就不得不對於乾脆老實的蔣緝安先生大表敬意了。他痛痛快快的說：書不必讀，更不要說整本整本；要做文藝創作家，舍堆砌辭頭而外無他法；描寫或記載事物，態度不必誠實。這種的

話，要是「青年」們早就大書特書的宣佈出來，我們也早就把他們認清了。不幸他們沒有，直到我的文章出現了才由蔣先生明白說出，雖然遲了一點，究竟還是我們的運氣。

不過，在這一點上，我對於我的老朋友豈明先生不免要不敬一下。他以為我的話是老生常談，同吃飯必須嚼碎一樣普通；他看見了蔣先生的話，不要自認為常識不夠嗎？

在隱名於「太乙老人」的人的一篇文章（見《每日評論》）裏，我們發見了「真天足」「假天足」兩個名詞。這盡可以不必加以辯正，因為名與實，究竟是兩件事，你盡可以自己題上個好名，再給別人加上個惡名，這種名稱適合與否，自有事實在那裏說話。

同在這一篇文章裏，我們看見了「來，教訓你」這一句話。果然，我在這一篇文章裏，以及他的同黨諸君的文章裏，得到了不少的教訓。

第一，便是豈明所說的，不捧且不可，何況是罵。所以我們應當注意，現在的青年們，比前清的皇帝還要兇得多。

第二，因為要罵魯迅，所以連廚川白村也就倒了霉；因為要罵我，所以連《茶花女》一書也就打在「一類的東西」裏算帳。皇帝時代的株連，「三族」也罷，「九族」也罷，總只限於親族，此刻卻要連累到所譯的書，或所譯的書的作者。最好我們還是不譯書罷，因為我們譯了書而帶累原作者挨罵，未免罪過。

第三，我說的是「功是不肯用的」，這分明與肯用功而景況不能用功者無關。但是，人家偏沒有看見「肯」字，偏要說：「俺同情於那般要求知識而得不着知識的青年」，偏要說：「有多少青年

已經衣不蔽體，飢不得食，這就是你所罵的青年們。」這就是「真天足」的青年們的辯論上的戰略！

而況，現在中國的環境，真已惡得絕對不能讀書了麼？這話我也有些懷疑。我只覺得肯讀書的人，環境壞了，只是少讀些便了，決不至於完全不讀；不肯讀書的人，環境壞時固然可以咒罵着環境而說不能讀，到環境好時可以讚詠着環境而說不必讀，真所謂：

> 春天不是讀書天，夏日炎炎正好眠。
> 秋有蚊蟲冬有雪，收拾書包好過年。

與其這樣忸怩說出許多理由來，還不如蔣緝安先生大刀闊斧的說聲不要讀，倒還真有些青年的精神。

第四，現在的博士與大學教授兩個名詞，大約已經希臭不可當的了。所以，做文章稱別人為博士，為教授，也不失為一種武器。所可異者，博士和教授都是大學裏生產出來的。他一方面在咒罵博士教授之要不得，一方面又並不說大學之要不得，反在說「北京大學成了個什麼模樣」。但是，這有什麼要緊呢，說話本來就是自由的！

第五，蔣緝安先生既已說了不要讀書，卻沒有替青年們的一本一本的文藝創作加上一條。但書，似乎是個小小的缺漏。因為，若說這一本一本的不是給人家讀的，請問出了有什麼用；若說是給人家讀的，讀的人就首先破了青年們的讀書戒，這不是進退兩難麼？

第六，蔣先生要我證明林肯之有偉大成績，由於多讀書。這當然是做不到的，因為林肯讀的書，的確不多，可惜蔣先生不贊成讀

書，我不敢請他翻書；世間若有贊成讀書的「妄人」，只須把《英國百科全書》第十六卷第七〇三頁翻一翻，就可以看見林肯如何在困苦艱難之中要想讀書，他那時書本如何缺少，教員如何缺少——他那時的環境，才真可以說是沒法讀書的環境——而他到底因為要讀書的緣故，雖然讀得不多，終還讀了幾本，而且讀的很好。但是，「文藝家啊，不是書記官」，這種的事實也盡可以不管。

聽見說到林肯的名字，自然應當歡喜讚嘆的。美國只有一個林肯，已替全美國人吐氣不少。現在我國有了一群群一隊隊的林肯，加之以一群群一隊隊的尼采，這是何等值得恭喜的事啊！

第七，我七八年前名字是不是叫「伴」儂，似乎並不像洪荒以前的事一樣難考。第一次人家硬派我叫伴儂，我說：這是事實麼？不料他第二次還是橫一聲伴農，豎一聲伴農，而且說我已經承認了。在這一點小事上，也就可以看得出青年們在論辯上所用的特別方法。若說他頭腦不清，當然不是；許是喝了「葡萄酒」有點「微醺」罷。

第八，「《新青年》在中國思想史上曾佔據了一個時期」這一句話，《新青年》同人萬萬當不起。看他把「紙冠」硬戴在人家頭上，而隨即襯托出自吹自打的文章來，技術何等高妙；可惜究竟不大樸素，不如把「真天足」的青年運動倒填年月，使「假天足」的人消滅於無形，這就分外有聲有色了。

夠了，「教訓」受夠了。

我這篇東西發表以後，憑他們再有什麼「教訓」，我一概敬謹領受。若是他們不用文字而用圖畫，如已經畫過的拉屎在人頭上及

拉屎在書面上之類，我也一概尊而重之，決不把它看作牆壁上所畫的烏龜，或所寫的「王三是我而子」。

附言

　　有許多人不滿意於我第二篇的〈為免除誤會起見〉，說我被他們一罵而害怕。其實我第二篇文章登出之後他們還在罵。如果我怕，為什麼不「再為免除誤會起見」「三為免除誤會起見」呢？我的意思，只是恐怕感情話人家聽不進，不如平心靜氣說一說。平心靜氣說了，人家還是聽不進，那我還要說什麼？我不但要將第二篇文章取消，便連第一篇也要取消，因為對於這等人無話可說。「不可與言而與之言，失言。」我沒有孔老先生「知其不可為而為之」的美德，所以最後只能拿出我的「作揖主義」來了。

十六年一月廿八日北京

（選自《劉半農文選》，北京：人民文學出版社，1986 年）

何必

周作人

　　半農前天因為「老實說了」，闖下了彌天大禍，我以十年老友之誼很想替他排解排解，雖然我自己也闖了一點小禍，因為我如自由批評家所說「對於我等青年創作青年思想則絕口不提。」夫不提已經有罪，何況半農乃「當頭一棒」而大罵乎？然則半農之罪無可逭已不待言，除靜候自由批評之節鉞（Fasces）降臨之外還有什麼辦法？排解又有什麼用處？我寫這幾句話，只是發表個人的意見，對於半農的老實說略有所批評或是勸告罷了。

　　〈老實說了吧〉的這一張副刊，看過後擱下，大約後來包了什麼東西了，再也找不著，好在半農在〈為免除誤會起見〉裏已經改正前篇中不對的話句，將內容重新寫出，現在便依照這篇來說，也就可以罷。半農的五項意見，再簡單地寫出來，就是這樣：

　　一，要讀書。

　　二，書要整本的讀。

　　三，做文藝要下切實的工夫。

　　四，態度要誠實。

　　五，批評要根據事實。

　　對於這五項的意見我別無異議，覺得都可以贊成。但是，我對於半農特地費了好些氣力，冒了好些危險去提出這五條議案來的這一件事，實在不能贊成。第一，這些「老生常談」何必再提出來？

譬如「讀書先要識字」，「吃飯要細嚼」等等的話，實在平凡極了，雖然裏邊含着一定的道理，不識字即不能讀書，狼吞虎咽地吃便要不消化，證據就在眼前，但把這種常識拿出來丁寧勸告，也未免太迂了。第二，半農說那一番話的用意我不很能夠了解。難道半農真是相信「以大學教授的身份加上博士的頭銜」應該有指導（或提攜）青年的義務？而且更希望這些指導有什麼效力麼？大學教授也只是一種職業，他只是對於他所擔任的學科與學生負有責任，此外的活動全是個人的興趣，無論是急進也好緩進也好，要提攜青年也好不提攜也好，都是他的自由，並沒有規定在聘任書上。至於博士，更是沒有關係，這不過是一個名稱，表示其人關於某種學問有相當的成績，並不像凡屬名為「兒子」者例應孝親一樣地包含着一種意義，說他有非指導青年不可的義務。我想，半農未必會如此低能，會這樣地熱心於無聊的指導。還有一層，指導是完全無用的。倘若有人相信鼓勵會於青年有益，這也未免有點低能，正如相信罵倒會於青年有害一樣。一個人到了青年（十五至二十五歲），遺傳，家庭學校社會，已經把他安排好了，任你有天大的本領，生花的筆和舌頭，不能改變得他百分之一二，就是他改變得五厘一分，這也還靠他本來有這個傾向，不要以為是你訓導的功勞。基督教無論在西洋傳了幾百年之久，結果卻是無人體會實行，只看那自稱信奉耶教的英國的行為，五卅以來的上海，沙基，萬縣，漢口各地的蠻行，可以知道教訓的力量是怎麼地微弱，或者簡直是沒有力量。所以高談聖道之人固然其愚不可及，便是大吹大擂地講文學或思想革命，我也覺得有點迂闊，蔣觀云詠盧騷云，「文字收功日，全球革命潮，」即是這種迂闊思想的表現。半農未必有這樣的大志吧，去執行他教授博士的指導青年的天職？那麼，這一番話為什麼而說的

呢？我想，這大約是簡單地發表感想而已。以一個平常人的資格，看見什麼事中意什麼事不中意，便說一聲這個好那個不好，那是當然的。倘若有人不以為然，讓他不以為然罷了，或者要回罵便罵一頓，這是最「素樸與真誠」的辦法。半農那篇文如專為發表感想，便應該這樣做，沒有為免除誤會起見之必要，因為誤會這東西是必不能免除，而且照例是愈想免除反愈加多的。總之，我對於半農的五項意見是有同感的，至於想把這個當作什麼供獻，我以為未免有迂夫子氣；末了想請大家來討論解決，則我覺得實在是多此一舉。

十六年一月十六日夜

（選自《談虎集（上卷）》，上海：北新書局，1928 年）

謝本師

章太炎

　　余十六七歲始治經術，稍長，事德清俞先生，言稽古之學，未
嘗問文辭詩賦。先生為人豈弟，不好聲色，而余喜獨行赴淵之士，
出入八年，相得也。頃之，以事遊台灣。台灣則既隸日本。歸，復
謁先生。先生遽曰：「聞而遊台灣。爾好隱，不事科舉，好隱則為
梁鴻、韓康可也。今入異域，背父母陵墓，不孝，訟言索虜之禍毒
敷諸夏，與人書指斥乘輿，不忠。不孝不忠，非人類也。小子鳴鼓
而攻之可也。」蓋先生與人交，辭氣淩厲，未有如此甚者！先生既
治經，又素博覽，戎狄豺狼之說，豈其未喻，而以唇舌衛捍之？將
以嘗仕索虜，食其廩祿耶？昔戴君與全紹衣並污偽命，先生亦授職
為偽編修。非有土子民之吏，不為謀主，與全戴同。何恩於虜，而
懇懇蔽遮其惡？如先生之棣通故訓，不改全、戴所操，以誨承學，
雖楊雄、孔穎達，何以加焉？

（選自《民報》9 號，1906 年 11 月 15 日）

謝本師

周作人

　　我在東京新小川町民報社聽章太炎師講學，已經是十八年前的事了。當時先生初從上海西牢放出，避往日本，覺得光復一時不易成功，轉而提倡國學，思假復古之事業，以寄革命之精神，其意甚可悲，亦復可感。國學講習會既於神田大成中學校開講，我們幾個人又請先生特別在家講《說文》，我便在那裏初次見到先生。《民報》時代的先生的文章我都讀過無遺，先生講書時像彌勒佛似的跌坐的姿勢，微笑的臉，常帶詼諧的口調，我至今也還都記得。對於國學及革命事業我不能承了先生的教訓有什麼供獻，但我自己知道受了先生不少的影響，即使在思想與文章上沒有明顯的痕跡，雖然有些先哲做過我思想的導師，但真是授過業，啟發過我的思想，可以稱作我的師者，實在只有先生一人。

　　民國成立以來，先生在北京時我正在南方，到得六年我來北京，先生又已往南方去了，所以這十幾年中我還沒有見過先生一面。平常與同學舊友談起，有兩三個熟悉先生近狀的人對於先生多表示不滿，因為先生好作不大高明的政治活動。我也知道先生太輕學問而重經濟（經濟特科之經濟，非 Economics 之謂），自己以為政治是其專長，學問文藝只是失意時的消遣；這種意見固然不對，但這是出於中國謬見之遺傳，有好些學者都是如此，也不能單怪先生。總之先生回國以來不再講學，這實在是很可惜的，因為先生倘

若肯移了在上海發電報的工夫與心思來著書，一定可以完成一兩部大著，嘉惠中國的後學。然而性情總是天生的，先生既然要出書齋而赴朝市，雖是舊弟子也沒有力量止得他住，至於空口非難，既是無用，都也可以不必了。

「討赤」軍興，先生又猛烈地作起政治的活動來了。我坐在書齋裏，不及盡見先生所發的函電，但是見到一個，見到兩個，總不禁為我們的「老夫子」（這是我同疑古君私下稱他的名字）惜，到得近日看見第三個電報把「剿平發逆」的「曾文正」「奉作人倫模範」，我於是覺得不能不來說一句話了。先生現在似乎已將四十餘年來所主張的光復大義拋諸腦後了。我相信我的師不當這樣，這樣的也就不是我的師。先生昔日曾作〈謝本師〉一文，對於俞曲園先生表示脫離，不意我現今亦不得不謝先生，殊非始料所及。此後先生有何言論，本已與我無復相關，唯本臨別贈言之義，敢進忠告，以盡寸心：先生老矣，來日無多，願善自愛惜令名。

十五年八月廿一日

（選自《語絲》94 期，1926 年 8 月 28 日）

謝本師

秦牧

　　俄國安特列夫有一個劇本叫做《人的一生》，用五個場面表現一個人從搖籃到墳墓的歷程。在劇本中，「人」的背後常常站着一個象徵運命的「灰色的人」，旁邊燃燒着一根象徵生命的燭火。故事記得是這樣的：第一幕在灰黯的房子裏，「灰色的人」來等候誕生，一群老婦在室內忙碌着，在產婦呻吟間，「人」呱呱墜地了！「灰色的人」靜靜地燃着燭火，顯示着又一個生命臨到地球來了。第二幕，在貧困窳陋的房子中，蠟燭已點了三分之一，「人」與年輕的妻廝守着忍受飢餓，但他們年輕，戀愛比食慾更強，相依為命，恬然自得。第三幕，「人」已逐漸富厚，在大客廳中開舞蹈會，蠟燭點了三分之二，許多朋友高興地前來赴會，在表面和愛的友情中，有嫉妒與陰謀暗暗進行着。第四幕，在陰沉的大房子中，蠟燭快點完了！貧困糾纏着「人」，婢僕星散，孤寂地陪伴着他的只有一個年老的傭婦。第五幕，在陰暗淒涼的病室裏，一群醉漢瘋瘋地闖入卧室，燭火跳動，「人」生時圍繞在側的一群老婦又來了！在垂死的病人床前舞蹈，「灰色的人」來說：「靜寂，『人』要死了！」於是燭火闃滅，暗中發出笑聲，復歸死寂，「人」的一生就這樣完了。

　　這作品使人感到一種顫栗悚動，在字裏行間發酵的是悲哀的宿命論循環論的思想，但是我們敢說有多少人能夠盡其在我，跳開這可悲的生命的軌道呢？

以我們百年來的思想史上，那幾回可怕的「謝本師」的事件為例罷！清末俞曲園曾經以「治小學不擴商周彝器，治經頗右公羊」的卓特態度聞名於世，而他的《群經平議》、《古書疑義舉例》諸書，直到今天看來也還鋒芒宛在，但是晚年因為不贊同他的弟子章太炎的革命行動，被章太炎所「謝」了！章太炎呢，主《時務》、《昌言》報時的慷慨陳詞，反袁時代以勖章作扇墜直入總統府的豪概，直到今天看來，也還令人高山仰止，但是晚年因為參加「孫聯帥」的投壺盛典，又被他的弟子周作人所「謝」了！「談龍談虎」的周作人到今天做了漢奸，又為他的弟子們所「謝」了！這些事件不正令我們想起那個使人痙攣痛苦的劇本麼？

　　「老」該是一個鬥士最大的仇敵了，多少人（何止俞，章，周），年青時氣貫長虹，中年時慵慵逸逸，泄泄沓沓，到老來「難得糊塗」，老悖瘋癲，將青年時代的豪情勝概看做浮躁凌厲之氣，或則捧老莊尼采，鑽公安竟陵，或則從自私出發，無所不為，唯其如此，有的學者以「人過四十便無用」來自我解嘲，有的策士在慨嘆着「年齡對於人生真是何等可怕」！年齡對於人生真是如此可怕嗎？年齡年齡，多少人假汝以橫行不義？其實時間對於另一種人又何曾不是生命的恩惠？幾年前我在香港加路連山參加過蔡元培先生的祭典，望着無數青年鵠立在他靈前，自己在垂首哀悼中，不禁在腦海中泛起了一些鬚髮雪白，眼光深沉的中外革命家、思想家、藝術家的影子，心頭有一種說不出的崇敬和感動，如果說我們一聽見那些老悖腐朽的東西的名字，就如面對着一些醜惡的木乃伊，那麼一想起這些有着崇高靈魂的老前輩，自己就宛如一個渺小的教徒踏進了羅馬的大教堂，或者變成一個爬上父親寫字台上撒尿的小孩子！在中國這樣激盪的社會中，我們固然見到不少未老先衰的

二三十歲的老人，可也見到鶴髮童顏的七八十歲的青年，與其説年齡可怕，毋寧説是思想可怕，利慾可怕！

我對於那些年紀輕輕便裝着老成怪相説些居高臨下的話的青年人，對於表面恬淡，實際自私畏事的中年人，對於倚老賣老認為老就是自己偉大處的老年人，都願意防他三分，因為無論他年齡多少，那種可怕的毒素已經在發酵了。

（選自《秦牧雜文》，上海：開明書店，1947 年）

著者簡介

魯迅（1881–1936）

浙江省紹興人。原名周樹人，字豫才，小名樟壽，至 38 歲，始用魯迅為筆名。文學家、思想家。1918 年發表首篇白話小説《狂人日記》，震動文壇。此後 18 年，筆耕不綴，在小説、散文、雜文、散文詩、舊體詩、外國文學翻譯及古籍校勘等方面貢獻卓着，創作的眾多文學形象深入人心。他的作品有不朽的魅力，直到今天，依然擁有眾多讀者。

代表作品：《朝花夕拾》、《吶喊》、《彷徨》等。

周作人（1885–1967）

原名櫆壽，字星杓，後改名奎綬，自號起孟、啟明、知堂等。魯迅之弟，周建人之兄。周作人精通日語、古希臘語、英語，並曾自學古英語、世界語。其致力於研究日本文化五十餘年，深得日本文學理念的精髓。其筆觸近似於日本傳統文學，以温和、沖淡之筆，把玩人生的苦趣。

代表作品：《藝術與生活》、《苦竹雜記》等。

胡適（1891–1962）

學者、詩人。安徽徽州績溪人，倡導「白話文」，領導新文化運動。幼年，在家鄉私塾讀書，深受程朱理學影響。求學美國時，師從約翰‧杜威，回國後，宣揚思想自由，信奉實用主義哲學。寬容與自由，是其作品中的兩大主旋律。

代表作品：《中國哲學史大綱》、《嘗試集》等。

方令孺（1897-1976）

安徽桐城人，散文作家、詩人，方苞的後代。因排行第九，人稱九姑。20世紀 30 年代初開始寫新詩，與林徽因被稱為「新月派」僅有的兩位女詩人。她的散文文字清新，情感細膩。與張愛玲並稱「南張北方」。

代表作品：《靈奇》、《信》等。

聶紺弩（1903-1986）

著名詩人、散文家。原名聶國棫，湖北京山人。在雜文、舊題詩創作和古典文學研究方面成就尤為卓著。他是中國現代雜文史上繼魯迅、瞿秋白之後，在雜文創作上成績卓着、影響很大的戰鬥雜文大家。其風格汪洋恣睢、用筆酣暢、反復駁難、淋漓盡致，在雄辯中時時呈現出俏皮。

代表作品：《血書》、《寸磔紙老虎》等。

李健吾（1906-1982）

山西運城人。現代作家、戲劇家、翻譯家、文學批評家，筆名劉西渭。中國現代五大評論家之一，國內最早從事法國文學研究的學者之一，譯有莫里哀、托爾斯泰、高爾基、屠格涅夫等名家的作品，並有研究專著問世。

代表作品：《雨中登泰山》、《草莽》等。

冰心（1900-1999）

福建長樂人，原名為謝婉瑩，筆名冰心取「一片冰心在玉壺」之意。被稱為「世紀老人」。現代著名女作家、兒童文學家、詩人、翻譯家，她歌頌母愛、童真、自然。非常愛小孩，把小孩看作「最神聖的人」。

代表作品：《繁星》、《春水》、《寄小讀者》等。

嚴文井（1915–2005）

原名嚴文錦，湖北武昌人。現當代著名作家。在小說、散文、文學評論等方面均有建樹，尤以兒童文學家著稱。

代表作品：《山寺暮》、《小溪流的歌》、《「下次開船」港》等。

徐志摩（1897–1931）

浙江海寧人，原名章垿，字槱森，小字又申，赴美留學前改名志摩。現代詩人、散文家，新月社發起人之一，曾任北大教授。除在新詩方面取得卓越成就外，文學創作還涉獵散文、小說、戲劇、翻譯等領域。

代表作品：《再別康橋》、《翡冷翠的一夜》等。

朱自清（1898–1948）

祖籍浙江紹興，原名自華，字佩弦，號實秋。中國現代文學史上傑出的散文家、詩人。21 歲開始發表詩歌並出版詩集。27 歲時執教於清華大學，研究中國古典文學，創作則以散文為主。其散文名篇膾炙人口，是真正深入街頭巷尾的文學經典，被譽為「天地間至情文學」。

代表作品：《背影》、《你我》、《歐遊雜記》等。

黎烈文（1904–1972）

湖南湘潭人，筆名李維克等。現代著名作家、翻譯家、教育家。

代表作品：《舟中》、《崇高的母性》等。

郭沫若（1892–1978）

生於四川樂山，原名開貞，號尚武。現代文學家、歷史學家、新詩奠基人之一。是新文化史上一位百科全書式的文化巨人，在歷史學、考古學、古文字學、古器物學、文學、藝術等方面都有很高的造詣。

代表作品：《女神》、《長春集》等。

老舍（1899–1966）

原名舒慶春，字舍予。因生於立春，取名「慶春」，意為前景美好。上學後，自己更名為舒舍予，意在「捨棄自我」。現代小説家、作家。老舍的語言俗白精緻，他自己説：「沒有一位語言藝術大師是脱離群眾的。」因此，在其作品中，一腔京味兒，很是動人。

代表作品：《駱駝祥子》、《四世同堂》等。

孫犁（1913–2002）

原名孫樹勛，河北省衡水市安平人，現當代著名小説家、散文家，「荷花澱派」的創始人。他的作品清新自然、樸素洗練、柔中寓剛、鮮明秀雅，有一種不可多得的文人氣質。

代表作品：《荷花澱》、《風雲初記》等。

郁達夫（1896–1945）

原名郁文，字達夫，幼名阿鳳，浙江富陽人。中國現代著名小説家、散文家、詩人。他在文學上主張「文學作品，都是作家的自敍傳」，具有濃厚的浪漫主義傾向。

代表作品：《沉淪》、《故都的秋》、《春風沉醉的晚上》等。

豐子愷（1898–1975）

浙江嘉興石門鎮人。原名豐潤，又名仁、仍，號子覬，後改為子愷，筆名 TK，以中西融合畫法創作漫畫而著名。其自幼愛好美術，後師從李叔同，也因此結緣佛學，故鄉居所命名「緣緣堂」。「一片片的落英，都含蓄着人間的情味。」（俞平伯評）

代表作品：《緣緣堂隨筆》、《畫中有詩》等。

葉聖陶（1894–1988）

原名葉紹鈞，字秉臣，後字聖陶。江蘇蘇州人。著名作家、教育家、文學出版家和社會活動家，有「優秀的語言藝術家」之稱。他的散文或寫世抒情，或狀物記人，或議事説理，一般都有較為深厚的社會人生內容和腳踏實地的精神；藝術上則主要顯示出平淡雋永的情趣和平樸純淨的語言風格。

代表作品：《隔膜》、《腳步集》等。

王力（1900–1986）

字了一，廣西博白人。語言學家、教育家、翻譯家、散文家和詩人。中國現代語言學的奠基人之一，師從梁啟超、王國維、趙元任、陳寅恪等。

代表作品：《漢語詩律學》、《漢語史稿》等。

梁實秋（1903–1987）

原名梁治華，生於北京，浙江杭縣（今餘杭）人。筆名子佳、秋郎等。散文家、文學批評家、翻譯家，國內首個研究莎士比亞的權威，曾與魯迅等左翼作家筆戰不斷。

代表作品：《雅舍小品》、《槐園夢憶》等。

秦牧（1919–1992）

廣東省澄海縣人。現代作家。20 世紀 30 年代末開始發表作品。寫作範圍頗廣，但以散文為主。他的文章搖曳多姿，光彩照人。藝術特徵鮮明，風格獨具，與眾不同。秦牧散文特點之一，是言近旨遠，哲理性強。

代表作品：《土地》、《長河浪花集》等。

劉半農（1891–1934）

江蘇江陰人，原名壽彭，後名復，初字半儂，後改半農，晚號曲庵。中國新文化運動先驅，文學家、語言學家和教育家。參與《新青年》雜誌的編輯工作，積極投身文學革命，反對文言文，提倡白話文。魯迅先生在《憶劉半農君》一文中稱：「我願以憤火照出他的戰績，免使一群陷沙鬼將他先前的光榮和死屍一同拖入爛泥的深淵。」

代表作品：《揚鞭集》、《瓦釜集》、《半農雜文》等。

章太炎（1869–1936）

浙江餘杭人。原名學乘，字枚叔，後易名為炳麟。世人常稱之為「太炎先生」。清末民初民主革命家、思想家、著名學者，一代國學大師，研究範圍涉及小學、歷史、哲學、政治等等，著述甚豐。學生中知名的包括黃侃、錢玄同、吳承仕、魯迅等。

代表作品：《國故論衡》、《章太炎醫論》等。

課堂外的讀本系列

陳平原、錢理群、黃子平 編

1.	男男女女	魯 迅、梁實秋、聶紺弩	等	ISBN: 978-962-937-385-6
2.	父父子子	魯 迅、周作人、豐子愷	等	ISBN: 978-962-937-391-7
3.	讀書讀書	周作人、林語堂、老 舍	等	ISBN: 978-962-937-390-0
4.	閒情樂事	梁實秋、周作人、林語堂	等	ISBN: 978-962-937-387-0
5.	世故人情	魯 迅、老 舍、周作人	等	ISBN: 978-962-937-388-7
6.	鄉風市聲	魯 迅、豐子愷、葉聖陶	等	ISBN: 978-962-937-384-9
7.	說東道西	魯 迅、周作人、林語堂	等	ISBN: 978-962-937-389-4
8.	生生死死	周作人、魯 迅、梁實秋	等	ISBN: 978-962-937-382-5
9.	佛佛道道	許地山、周作人、豐子愷	等	ISBN: 978-962-937-383-2
10.	神神鬼鬼	魯 迅、胡 適、老 舍	等	ISBN: 978-962-937-386-3